集英社文庫

病む月

唯川　恵

集英社版

病む月　目次

病む月

いやな女

比佐子《ひさこ》は昔からいやな女だった。

協子はレストランの奥まった席に彼女の姿を認めると、口の中に広がる不愉快な粘り気を、ワインで喉《のど》に流し込んだ。

「どうした？」

テーブルの向こうから、橋口が声をかける。

「いいえ、別に」

「これで一人前二万も取るのか。まるで盗っ人だな、このレストランは」

橋口は呟《つぶや》きながら鴨《かも》を切り分ける。協子はグラスを持つ手を止めて、橋口を眺める。そうして、もう五年も付き合っているこの男の顔のひとつひとつを確認する。右のこめかみに色濃く浮かんだ親指大のシミ。筋肉から離れてたるんと揺れる顎《あご》の皮膚。地肌が透けて赤っぽくみえる生え際。金と力がある、というだけの醜く品がないこの男と五年も共に食事をして来た自分に、初めてかすかな嫌悪を感じる。

窓の外には金沢の夜景が広がっている。華やかさはないが、ほどよく明かりが点在した町並みは、北の国にふさわしい恥じらいがある。街の中心部からその名の通り、卯辰《うたつ》の方向に卯辰山があり、その中腹に建つこのレストランは、料亭の多い金沢ではめずらしく本格的なフレンチだ。

協子はもう一度、奥の席に目をやった。

比佐子の右隣りに座るのは、彼女の姉の美那だ。軽度の知的障害を持つ美那は、あの頃《ころ》と変わらぬ焦点の合わない視線で宙を眺め、間延びした悲しいほどあどけない顔つきでほほ笑んでいる。確か、四つ上のはずだから、今年、三十八歳になる。結局、美那は比佐子が面倒をみることになったらしい。

比佐子の向かい側には男が座っている。実はずっと前から、その男に、協子の興味は強く向いていた。まだ青年と呼べる清潔さを備えている彼は、比佐子よりいくらか年下に見えた。ソフトなジャケットの下に、痩《や》せてはいるが少しも弱々しさを感じさせない弾力ある肉体を連想させる。顔立ちの優しさと、いくらか不釣り合いな癖のある一重の目が、彼を崩れた雰囲気の一歩手前のところで、知的に見せていた。

彼は比佐子の恋人か、それとも夫だろうか。

「最近、また女の子を入れたんだって？」

橋口の言葉に、協子は視線を戻した。

「よくご存じね。パソコンに長《た》けてる子がいたから来てもらったの」

「これで従業員は何人になった？」

「アルバイトも含めたら十二人よ」

「よくここまで伸びたもんだな」

橋口の言いたいことはわかっている。協子は甘えた口調で答える。

「みんな、あなたのお陰だわ。感謝してます」

橋口の口元がほころぶ。このセリフを何十回、いや何百回口にしただろう。たぶん、橋口と食事をするたび、ベッドに入るたびだ。

協子が初めて店を持ったのは、今から六年前、二十八歳の時だ。最初の結婚に破れ、伯母がやっている長町《ながまち》武家屋敷跡で観光客相手の小さな土産物屋をしばらく手伝っていた。一年ほどして仕事に慣れて来た頃、伯母は持病の腰痛が悪化したせいもあって引退したいと言い出した。

「協ちゃん、跡を引き継いでくれないかしら」

正直言って、経営は芳しいものではなかった。場所も人通りからはいくらかはずれたところにあり、繁盛しているとは言い難い。しかし家賃さえ払えば好きに店を替えて構わないと言う。今さら新しい仕事を始めるのもやっかいだった。客商売は嫌いではない。結局、引き受けることにした。その時、手懸けたのが「香」だ。

大した意味があったわけじゃない。知識を持っていたわけでもない。ただ、土産物はどの店も同じようなものを扱っていて、場所的なことを考えても、このままでは確実に売り上げが落ち込んでしまう。何か金沢らしい風情を持ち、観光客が気軽にお土産にできるもの、と考えた時、浮かんだのが香だった。

匂い袋から線香のように燻《くゆ》らすものまで、幾種類かを揃《そろ》えた。香といっても、もちろん安価なもので、主に白檀《びゃくだん》や杉、檜《ひのき》などの植物を扱った。土産物屋と一線を画すため、それまで置いていた品物をすべて引っ込め、内装にいくらか手を加え、オブジェのように香炉を並べた。店の名前も新たに『香苑《こうえん》』と名付けた。その発想は見事に的中し、旅行雑誌に紹介されるとわざわざ客が店を探して足を運ぶようになっていた。

その頃、知り合ったのが橋口である。彼は金沢で土産物の卸をやっている。九谷焼や輪島塗り、加賀友禅、金箔《きんぱく》、菓子、その他、超高級品と呼ばれるものからキーホルダーのような小物までさまざまな品物を扱っている。観光地の土産物屋以外にも、デパートやホテル、駅ビルなどにも卸し、その方面ではかなりの力を持っていた。橋口は『香苑』の評判を耳にして、品物を扱わせてもらえないかとの話を持って来た。それが出会いだった。

橋口と知り合ったことで、協子の仕事は一気に広がった。注文が増えただけでなく、彼は店を大々的に改装する資金を提供してくれたのである。

そして二年前、協子はもう一軒、金沢の繁華街、香林坊《こうりんぼう》の一角で『ローズマリー』というアロマテラピーの店も持つようになった。

香だけでは限界がある。所詮は観光客相手の商売の域から脱せない。その頃、さまざまな植物から抽出した精油の香りが、アロマテラピーという癒しグッズとして若い女性たちを中心に注目されるようになっていた。これだ、と思った。今の仕事との関連も深い。始めるならブームの兆しが見える今だ。

店はそれなりに順調な伸びをみせていた。これも、もちろん橋口のバックアップがあってこそである。

橋口の手腕を、協子は出会った時から圧倒されるように認めていた。この人に任せておけば大丈夫、という安心感は愛情にとても似ていて、彼と特別な関係を持つことに躊躇《ちゅうちょ》はまったくなかった。妻子がある、二回り近くも年が違う、そんなことは障害にさえならなかった。

ただ、愛情に似ている、ということで継続するには限界があるということに、最近、気づき始めただけだ。失った時間と、それによって得た金。それらのことを考えると、さまざまなものが妙に鮮やかに見える瞬間があった。

不意に金属音が広がり、レストランに不躾《ぶしつけ》な波が立った。協子は目を向ける。美那が怯《おび》えた顔をしている。ボーイが駆け寄り、床に落ちた食器を片付ける。

「姉さん、だから言ったでしょう。初めからフォークを右手で持てばいいのよ。そんな無理をするからワイングラスまで落としてしまうんだわ。まったく、いやになるわ」

比佐子の無機質な声が冷たく響く。カーペットを赤く染めたワインを見つめながら、美那は今にも泣きだしそうだ。三十八歳になっても、美那の意識は幼児のままだ。叱《しか》られることを誰《だれ》よりも怖れ、嫌われることに誰よりも傷つく。

「ごめんなさい」

か細い声で美那が謝る。ボーイが用意した新しいワイングラスに、男がワインを注ぐ。

「いいじゃないか。わざとやったわけじゃないんだから」

「当たり前だわ。姉さんにわざとやるような知恵があったら、私はもっと楽に生きてゆけるわ」

比佐子は昔からいやな女だった。

彼女とは、高校生の時に一年間同じクラスになった。金沢でも由緒ある家柄に生まれた彼女は、自分の存在が無視されることを最も嫌悪するという、自意識を最悪の状況で備えている女だった。それはたえず他人との関係を、見下すか媚《こ》びるか、その両極端な方法でしか継続することができず、協子はもちろん前者の扱いを受けた。

一度だけ、彼女の家に招待されたことがある。親ほどの年齢の家政婦に、命令口調で用を言い付ける比佐子は、それだけで十分にいやな女だったが、偶然顔を合わせた知恵の遅れた姉に対して「引っ込んでて」とヒステリックな言葉を暴力のように投げ付けた様子を見た時、協子は初めて人を軽蔑《けいべつ》することを知った。

それでも、協子は比佐子との仲を断ち切ることができなかった。協子の持っていないものを、比佐子は数多く持っていて、それは軽蔑より少しだけ優る魅力を放っていた。たとえばブランドの時計。たとえば自由に使える金色のカード。彼女の美貌《びぼう》。彼女の傲慢《ごうまん》。

両親が亡くなって、比佐子が姉の面倒をみながら、遺《のこ》された資産を管理することで生計を立てている、という噂《うわさ》は四、五年前、どこからともなく耳に入っていた。それを聞いた時、少しだけ同情のようなものを感じた自分を馬鹿らしく思った。会わなくなってから十余年が過ぎたが、まごうかたなく比佐子はいやな女だった。

「どうして、三人で食事をしようなんて、あなたは言ったの？」

比佐子の険のある声が、低く流れて来る。

「たまには、美那さんも外に出なくちゃ、気も晴れないと思って」

男が答える。

「そうして、私と姉さんを世間の笑い者にしたいのね」

「誰も君を笑ったりしない。もちろん美那さんのことも」

うんざりしたような男の声。それに混じって、美那の弱々しい言葉が聞こえる。

「ごめんなさい、私がいけないの。喧嘩《けんか》しないで」

「大丈夫だよ、美那さん。喧嘩してるわけじゃないんだ。気にすることはないからね」

比佐子が立ち上がって、ナプキンをテーブルに投げ付ける。

「ああ、もう、うんざり。帰るわ。姉さん、行きましょう」

「えっ、でも」

美那は比佐子を見上げ、そしてすぐに男へ視線を戻した。まだ皿にはメインの肉料理が半分も残っている。

「君は本当に我儘《わがまま》だね。帰りたいんなら、君ひとりで帰ればいいだろう」

男もさすがに口調を堅くした。男の反抗は比佐子の自尊心をたいそう傷つけたようだった。

男の存在を無視するかのように、比佐子は美那に尋ねた。

「姉さん、どうするの？」

「私は、私は……」

美那が狼狽《うろた》えている。彼女に選択を迫るということの残酷さに、比佐子が気づかないはずはないのに。

「そう、じゃあ勝手にすればいいわ。とにかく、私は帰るから」

比佐子は苛立《いらだ》ちで、椅子を蹴《け》るようにして席を離れた。

このままだと顔を合わせてしまう。協子は自分の手元に視線を戻した。しかし通り過ぎようとした比佐子は、協子の前で足を止めた。

「あら」

今さら知らん顔もできない。協子は軽く会釈した。

「お久しぶり」

「お元気そうね」

「あなたも」

「最近の活躍のご様子は噂で聞いてるわ。香林坊のお店、ずいぶん繁盛なさってるとか」

「お陰さまで。ついでの時はぜひお店の方にいらして」

「ええ、気が向いたらね。それじゃ失礼」

一部始終を見られていたことに、いくらかバツの悪い思いをしたのかもしれない。比佐子は会話を短く打ち切ってドアへと向かって行った。

「知り合いかい？」

橋口が尋ねる。

「ええ、高校の時の」

「ずいぶん気の強そうな女だな」

奥の席では、男が美那に語りかけている。まるで童女をあやすような彼の穏やかな仕草に、つい見惚《みと》れてしまう。

「しかし、気が強いというのは悪いことではない」

協子は再び食事を続けた。鴨は少し冷めてしまったが、柔らかさと香りに変わりはない。

「そうかしら」

「少なくとも、気の弱い女よりか、僕は好きだね」

「変わった趣味だわ」

「だから、君とこうして付き合っているんだろう」

橋口が笑う。自分のセリフが、気が利いていると満足したらしい。抗議しようかと顔を向けたが、結局、協子は何も言わなかった。男の自惚《うぬぼ》れを言い負かしても、残るのは大抵ため息だ。

「今夜、泊まれるよ」

橋口が言う。協子は鴨を口に運びながら、条件反射のように喉から飛び出す甘やかな自分の声に、いくらか白けながら答える。

「そう、嬉《うれ》しいわ」

目線は奥のテーブルに注がれている。あの美しい男と、比佐子は何度、寝たのだろう。

一週間後。

雨はしつこく続き、夏と呼ばれる季節に入っても、カーディガンが離せない日が続いていた。二階の事務所から見える香林坊の交差点に、色鮮やかな傘がゲームの駒のように行き交っているのを、協子はぼんやり眺めていた。

「遠野さまというお客さまがいらしてます」

販売の女の子に言われて、協子はすぐに腰を上げたが、思い直して、机の下に置いてあるバッグから化粧ポーチを取り出した。手早くファンデーションと口紅を直す。まさか、本当に比佐子が来るとは思ってもみなかった。

店に下りると、白地にブルーの水玉の散った質のよいニットのワンピースを着た比佐子が振り向き、唇の両端をわざとらしくきゅっと持ち上げて笑顔を作った。

「ちょっと、前を通りかかったものだから」

「嬉しいわ、来てくれるなんて」

協子もほほ笑みを返す。嫌いな相手に、爪の先ほどもそれを感じさせない笑顔は、あの頃の自分にはとてもできない芸当だ。

「素敵なお店ね」

「ありがとう。何かお探し？」

「最近、よく眠れないのよ。睡眠薬の量を増やす前に、アロマテラピーというのをちょっと試してみようかと思って。いいのを紹介してくれる？」

「もちろんよ」

協子は比佐子をアロマオイルの壜《びん》が並んだ棚へと案内する。

「どういった症状かしら。寝付きが悪い時はラベンダー、疲れすぎて眠れないならクラリセージ、悪夢にうなされるなら乳香。店にはこの三種類があるのだけれど」

「どうやって使うの？」

「マッサージとか沐浴《もくよく》とか、最近は精油バーナーが一般的ね」

「それって？」

協子は高さ二十センチばかりの、胴に穴があき、口に受皿がついた壺《つぼ》のような素焼きの芳香拡散器を手にした。

「これよ。この受皿にまず水を満たすの。精油をその水の上にたらして、下から蠟燭《ろうそく》などで暖めると、部屋に香りが広がるわ」

「そう」

説明を聞きながら、比佐子は店内をゆっくり回っている。その背には無関心が漂っていて、本気でアロマテラピーを試したいと思っているのか勘繰りたくなる。

「もう少し、別な意味で眠れるものはない？」

「別の意味？」

「セックスに使えるようなもの」

そのストレートさに、一瞬言葉に詰まるが、もちろんおくびにも出さない。

「それなら、ジャスミンのアブソリュートがいいかもしれないわ。持って来ましょうか？」

それには答えず、比佐子は美しくカーブを描いた眉《まゆ》を少しだけ動かした。

「自分で使ったことはある？」

「残念なことに、一度も」

協子は鷹揚《おうよう》に首を横に振る。この下品な女に乗せられることだけは避けようと思う。

「使う必要がないってこと？」

「さあ、どうかしら」

穏やかな緊張感の中で、ふたりは対峙《たいじ》する。下らない会話の勝ち負けに拘《こだわ》っても、後でぐったりするだけだ。それがわかっていても、簡単に下りるわけにはいかない。

「あなたも大変ね」

「何が？」

「これだけの店をやってゆくんだもの、そりゃあ、いろいろあるだろうけど、あんな脂ぎった男とも付き合わなくちゃならないなんて。私にはとてもできそうにないわ」

協子のこめかみの辺りに、きゅっと血が集まる。

「何か、誤解してない？」

「そうかしら」

「あの方は、取引先の……」

「あら、いけない。約束があったんだったわ。悪いけどこれで失礼するわ。今度また、来させてもらうわね」

比佐子は唐突に話を打ち切り、それから得意技としか言いようのないような皮肉な笑みを浮かべて、店を出て行った。

環境さえ整えば、黴《かび》がたった一晩でシャーレを埋め尽くすように、嫌悪もまた急速に広がってゆく。

橋口の声、息、体臭、指の動き、そして身体から流れ出るすべてのものに、協子はぞわりと肌が粟立《あわだ》つのを感じる。

あんな男。

比佐子の言葉など、気にする必要はない。やっかみに他ならない皮肉など、真に受けることはない。そうとわかっていても、蔑《さげす》むような目がひとすじの濡れ髪のようにまとわりついてくる。

足を広げ、目を閉じ、協子は頭で数字を考える。橋口の会社に卸している品が止まれば経営は成り立つだろうか。橋口が連帯保証人となっている銀行からの借入金は完済できるだろうか。そして、深くため息をつく。できるわけがない。

協子は声を上げる。身体をくねらせ、足の指を強く内側に折り曲げる。その嬌態《きょうたい》に誘発されるように、橋口の動きが激しくなる。早く、と思う。早く果てればいい。そうして、結局、そんなことしか手段を持たない自分に絶望する。

遠野、と聞いて、店に下りてゆくと、そこに比佐子の姿はなく、代わりに、あの美しい男が立っていた。

閉店間際で客はなく、男はすっくりと、弾力のある長い茎を持った植物のように佇《たたず》んでいた。男は協子を見ると、目を逸《そ》らさぬまま、軽く頭を下げ、協子は少し狼狽えながら会釈を返した。

「この間、レストランでお会いしました」

いかにもその風貌に相応《ふさわ》しい乾いた声で男が言った。

「ご存じだったのですか？」

「ふたりが話すのを見ていましたから。あの時は紹介がなかったので、ご挨拶もせず、失礼しました。遠野です」

「いいえ、私こそ」

「実は彼女から頼まれました。ジャスミンのアブソリュートというオイルを買って来るようにと」

協子は思わず、男の顔を見つめた。

「間違えましたか？　名前」

「いいえ。でも比佐子さん、そんな買物をあなたに頼んだのですか」

「仕方ありません。名前からもうおわかりでしょうけど、僕は所詮、婿養子の身ですからね」

男はジョークにすり替えて、いくらか自嘲的に笑ったが、それが何故か彼にひどくよく似合っていて、協子は失望しかけた自分を立ち直らせることができた。

「それと、香りを楽しむための、何と言ったかな」

「精油バーナーですね」

「ええ、それも一緒に」

「わかりました。すぐお包みします」

協子はそれらを手にし、包装を女の子に頼んだ。男はめずらしそうに、店の中を歩き回っている。若く、美しく、しなやかな身体を持つこの男と、ジャスミンの芳香の中で、抱き合う比佐子の姿を想像すると、ぐらぐらと身体の奥底で沸き上がるものを感じた。比佐子が何のために、この男を店に寄越したのか、それくらいわかる。男は橋口とはあまりに違う。

協子は彼に近付いた。

「他にも何かいかがですか？　ご自分のために」

「そうですね」

「最近、ストレスがたまっているようなことはありません？」

「ストレスか。そう言われれば、僕なんか毎日をストレスだらけで暮らしているようなものだからな」

その言葉から、男の綻《ほころ》びた部分が垣間見えるような気がして、協子は男に同情した。比佐子は昔からいやな女だった。人を不愉快にせざるをえない特別な機能を備えていて、腹立たしいのは、彼女自身それに気づいていても、少しも傷つかないところだった。

「だったら、何かオイルをブレンドしましょう」

「本当に効きますか？　いや、こんな言い方失礼だな」

協子はゆったりとほほ笑む。

「少なくとも、今のあなたに効果があるものを、きっと作れると思います」

三日後、男は現われた。

その日までに、アロマオイルをブレンドしておくと言った時、男が来るか来ないか、それは協子にとってひとつの賭《か》けでもあった。

「お待ちしていました」

協子は包んでおいたオイルの壜を差し出した。ベースオイルのスイートアーモンド油に、サンダルウッド、ベルガモット、バジルを加えたものだ。

「どうもありがとう」

男は受け取り、それから内ポケットに手をやる。協子は首を振る。

「結構です。サービスのつもりですから」

「それはいけない」

「気になさらないでください。もし気に入ってくださったのなら、またいらしてください。その時は、ちょうだいします」

「困ったな」

男は髪に手をやる。その細く白い指のしなやかな動きに、協子はつい目を奪われそうになる。

「でも、もしそれがご負担のようなら、お代ではなくて」

「え？」

「とてもおいしいお豆腐のお店があるんです。よろしかったら、お付き合い願えません？」

戸惑うような男の視線。それでも、彼は決して断らないだろうと、協子はその目を見て確信した。そこには自分と同じ何かが沈んでいた。もしかしたら、それは復讐《ふくしゅう》に似ているかもしれない。比佐子に復讐するべき具体的な何かがあるわけではなかった。それでも、彼女が昔からいやな女だった、というだけで、その思いを持つことを許されてもいいような気がした。

金沢というと、さまざまな食材を思い浮かべる観光客は多いようだが、協子は豆腐がいちばんだと思っている。白山から流れる冬の匂《にお》いを芳醇に含んだ伏流水が他の地方との味の違いを決定づけている。

犀川《さいがわ》沿いの小さな割烹《かっぽう》料理屋に、協子は男を案内した。さらさらと、あくまでさらさらと、川の流れは期待を裏切ることなく流れ続ける。川面に向かい側の明かりが映り、ぼんやりと頼りなげに揺れている。

ふたりはほとんど言葉を交わさなかった。まるで、すでに十分に計画を練り上げた共犯者のようだった。時折、どうでもいい話をした。それは口にしたとたん忘れてしまうような内容で、呼吸をすることと大した変わりはなかった。

男が豆腐を口に運ぶ。協子がそれを眺める。白く滑らかなかたまりが、男の口の中で、歯をたてずとも崩れてゆく。協子は男から目を離せなくなる。食べるという行為は、どうしてこうも官能に繋《つな》がっているのだろう。男の唇が紫に濡れると、ちろりと舌が覗《のぞ》き、素早くなぞってゆく。その時、協子は自分がたまらなくこの目の前の男に欲情しているのを感じる。

男と寝るのに、面倒な手続きは必要なかった。何の決まりごともないベッドの上は、むしろ、純粋な恋をしているようにさえ感じられた。

部屋にはイランイランのエキゾチックな香りが満ちている。その妖《あや》しげな夜の匂いと、ふたりからしたたる体液の匂いが混ざり合い、まるで身体ごと闇《やみ》に溶けてゆくような気がした。

美しい男というのは、上質なオイルに似ている。それは香りを惜しむことなく放ち、皮膚に触れた瞬間、呆気《あっけ》ないほど身体の中へと吸い込まれてゆく。その無抵抗に近い浸透力は、むしろ強靭《きょうじん》な意志を感じさせる。

「なぜ、僕を？」

男の質問はこのひとつだけだ。

協子はそれを質問で返した。

「なぜ、私と?」

「うまく言えない」

わからないのではない、ということが協子を満足させた。理由づければ、きっと陳腐な情事になってしまう。そのことを、たぶん男も知っているに違いなかった。


容赦ない太陽が、アスファルトも街路樹も焦がしていた。

つい先日まで、だらだらと降り続ける雨にうんざりしていたことなど嘘《うそ》のようだ。金沢の夏は、いつもこうして唐突に始まる。

仕立てのいい麻のスーツを着た比佐子はひどく上機嫌で、店に下りていった協子を見ると、片手を上げて指先を蝶のようにひらひらさせた。

「この間はありがとう。あのジャスミンのアブソリュート、とてもよかったわ」

「それはどうも」

協子は答える。もう顔を合わせても、気持ちが逆撫《さかな》でされるようなことはない。気が済んだ、と言ってしまえば簡単だが、結局はそういうことだ。比佐子がこれからあの美しい男と何度寝ようとも、たぶん、もう何も感じない。

少し話がある、と比佐子が言い、ふたりは店を出て、近くのティルームに入った。汗ばんだ肌を冷房の風がさっと乾燥させてゆく。

「実は、もうひとつ、あなたにお礼を言わなくちゃいけないの。そのために来たの」

比佐子は、アイスティをストローで飲みながら、相変わらず上機嫌で言う。

「何かしら」

協子はペリエを喉に流す。

「あなたのお陰で、ようやくあの男と別れさせることができたわ。どうもありがとう」

その言葉を、協子はすぐに理解できなかった。意味がわからないだけではなく、比佐子が言い方をひどく間違えているような気がした。

「それ、どういうこと？」

「あなた、あの男と寝たでしょう」

ストレートに比佐子は言った。唐突ではあったが、もちろん協子は狼狽えたりしない。鷹揚に笑みを返した。

「まさか。何を勘違いしてるの」

「いいのよ。隠すことないわ。こっちは証拠の写真もとらせてもらってるんだから」

ハッタリに決まっている。協子はゆっくりペリエを飲んだ。

「じゃあ、見せてもらおうかしら」

「いつでもいいわよ、お望みなら。それより、さっきも言ったけど、お礼を言いたいのよ、私」

さすがに苛立って、協子は聞き返す。

「何なの、それ。どういうことなの」

「そうね、何て言ったらいいかしら。ずっと、こういう日が来るのを待っていたの」

「わからないわ」

「わからなくてもいいけどね」

比佐子が笑う。その笑顔を見ると、つい気持ちがささくれ立って口にした。

「自分の夫が他の女と寝るのを待っていたというわけ？」

「やっぱりね」

比佐子が上目遣いで協子を見た。

「やっぱり、あなたはあの男を私の夫だと思っていたのね」

「え？」

「でも、おあいにくさま。私じゃない、あいつは、姉の夫よ」

混乱が協子を襲った。姉の美那の夫？　いったい比佐子は何を言っているのだ。

比佐子はアイスティのグラスをテーブルに戻した。

「あいつは、障害を持つ姉にうまく取り入って、両親から受け継いだ財産を取り上げようって魂胆で、うちに入り込んで来た心底腐ったダニのような男よ。姉はあんなだから、人を疑うことを知らないわ。騙《だま》されたの。その証拠に、あの男は姉と知り合って五日目に、周りの誰にも、私にすらも相談せずに、婚姻届けを出してしまったのだもの。私はずっと、あいつがボロをだすのを待っていたわ。いくら姉でも、これで目がさめるでしょう。誰が本当に姉のことを思っているか、わかってくれるわ」

協子はぼんやりと比佐子の顔を見つめていた。

「あのレストランで久しぶりにあなたと会って、昔のことを思い出したわ。あなたなら、きっとあの男を誘惑するだろうと思ったわ。昔からそうだったもの。あなたは私を軽蔑しながら、本当はすごく羨《うらや》ましくて、その劣等感を満足させるために、陰でこっそり盗み食いをするような女だったわ。あなた、私に気があった化学の先生と寝たでしょう。それからあの大学生とも」

目の焦点がうまく合わずに、比佐子の顔が二重にぶれて見える。

比佐子はほほ笑み、席から立ち上がった。それから思い出したように言った。

「そうそう、写真のことだけど、あの脂ぎった男のところにも送っておいたから、見せてもらうといいわ」

ゆらりと空気が傾いて、麝香《じゃこう》にも似た獣の匂いが漂った。そして、それと混ざり合うように、協子の頭上に比佐子の声が降り落ちて来る。

「あなたは、本当に昔からいやな女だったわ」

雪おんな

二月の雪は暖かい。

そう言うと、誰もが笑う。金沢は二月が本格的な冬となり、雪は植物のように大地に根を下ろす。それは町並みだけでなく、生活そのものを包み込んでしまい、人々はこの美しいやっかいものを疎《うと》みながら、凍える指に息をはきかけて、閉ざされた中で空を見上げる。

それでも私には、二月の雪は暖かい。雨や霙《みぞれ》が多く混じる他の月にはない温度を感じる。遠く大陸の空気を含んで、ふわりと肩先に落ちる時、それは甘やかな暖かさを伝えるのだ。

二月の第二土曜日。

私はこの日、必ず新調した着物を着る。ここ四年、それを欠かしたことはない。その一日のための着物を、私は三百六十四日かけて選ぶ。この茄子紺《なすこん》の友禅を倉沢は気に入ってくれるだろうか。

午後八時半、金沢ニューグランドホテル十二階ラウンジ『ディヒテル』で。

ホテルは金沢の繁華街、香林坊から歩いて五分ほどの距離にある。建物自体はメインストリートに面しているが、喧騒を避けるように入り口は裏通りに向いている。もちろんありがちな秘密のホテルではなく、金沢でも老舗《しにせ》であり、大手資本のホテルが数多く参入し、機能性と豪華さを競う中でも、ひっそりとした佇まいが長く顧客の支持を得ている。

その日、私が最初にするのはお風呂に入ることだ。マンションの狭い浴槽に身を沈め、私は倉沢と会わなかった一年の澱《おり》を洗い流す。その時、私は「ゆき」という女になる。四年前、私は倉沢に「ゆき」と名乗った。窓の外に柔らかな羽のように舞い落ちる雪を見ながらそう言った。嘘をつくという意識はなかった。その時の私は確かに「ゆき」という女だった。

「雪おんなと同じ名前だ」

と、あの時、倉沢はほんの少し戸惑ったような口調で言った。雪の金沢で出会った女の名として、あまりに出来すぎているように感じたのかもしれない。二、三度、瞬《まばた》きをして私を見つめ、窓の外に落ちる雪に目をやって、また私を見た。ラフなツイードのジャケットに黒のタートルネックのセーター。細いフレームの眼鏡の奥に見える目は、日向水《ひなたみず》のような柔らかさがあった。しばらくこんな目をみていないような気がした。彼は私とほぼ同じ年代に思われた。四年前、私は三十四歳だった。

あの時、最初に声を掛けて来たのは倉沢だ。

「それは加賀小紋ですね」

ラウンジのカウンターで、ドライシェリーを飲んでいた時だった。ふたつ空いたスツールの向こうからスコッチのグラスを傾けていた男が顔を向けた。八時半を少し過ぎたところで、ボックス席は三分の二が埋まっていた。

「ええ」

「とてもいい色合いですね」

「ありがとうございます」

鉄色の藤のしだれ房を描いた加賀小紋は、私が持っている着物の中ではいちばん地味なものだ。その日は田舎で母の十七回忌の法要があった。親戚の手前、決して派手な格好で現われるなと、兄にきつく言われてわざわざ新調したものだった。

「加賀小紋を着る人は最近少なくなった。残念なことに」

「お詳しいんですね」

男にしては珍しい。振袖と訪問着の違いさえ知らない者がほとんどだ。

「失礼しました。不躾《ぶしつけ》なことを言って。僕は倉沢と言います。そういった仕事をしているものですから、つい」

「着物を扱っていらっしゃるんですか？」

「年に一度、金沢に来て友禅作家の方々とお会いするんです。それで何点か注文をする」

「そうですか」

「友禅ばかりではなく、この辺りには上質の反物《たんもの》があるでしょう。たとえば能州紬《のうしゅうつむぎ》、能登《のと》上布《じょうふ》など」

「牛首紬《うしくびつむぎ》も」

「ああ、そうだ。あなたこそ、よくご存じだ」

「私、出身がその近くなんです」

「確か、あれは繭《まゆ》を煮立てて糸をすくいあげるんじゃなかったかな。能装束なんかに使われる糸繰りの方法だ。さらりとした風合いで、しかも腰がしっかりしている」

「釘抜《くぎぬ》き紬とも呼ばれています。釘にかかっても破れないということで」

「それは知らなかった。でも、せっかくの牛首を釘にかける勇気はないな」

「本当に」

私たちは顔を見合わせて笑った。

その時、二人連れの客が入って来た。彼らはカウンター席を望んでいるらしい。スツールの数は少ない。そのことに気付いて倉沢は言った。

「もし迷惑でなければ、お隣りに移ってもいいですか？」

少し迷った。けれど、ほんの少しだけだ。

「ええ、どうぞ」

ふたつ隔てていたスツールを倉沢は移動して来た。

「よく着物をお召しになるようですね。仕草がとても自然だ。たまに袖《そで》を通すぐらいだと、見るからに窮屈そうで、一緒にいるだけで疲れてしまう」

「着物は好きですから」

「装飾品も一切していないんですね。指輪も時計も。いつもそうですか？」

「ええ、まあ」

観察されることは悪い気分ではなかった。いつだって、誰にだって、女は気にされて生きていたい生きものだ。控えめな倉沢の視線を受けながら、私はドライシェリーのグラスを手にした。確かに、彼の言う通り、今日は何もしていない。けれど、それも兄に言われたせいだった。バッグの中にはダイヤで縁取られた悪趣味とも言える時計と、大きいだけの翡翠《ひすい》の指輪が入っている。

「お仕事は、こちらだけ？」

「いいえ日本中を回っています。友禅に紬、上布、型染、絣《かすり》、いろいろありますからね。北海道から沖縄まで、生産地の到る所を回って買い付ける」

「わざわざ買い付けにいらっしゃるなんて、よほど一流のお客さまをお持ちなんですね」

「いや、それはどうかな。一流の着物を着れば一流になれる、と信じているお客がほとんどのような気がする」

「その違いは何かしら、一流とそうでないのと」

倉沢はしばらく黙り、考え込んだ。

「たぶん」

「ええ」

「自分という人間を、知っているか知らないかの違いでしょう」

それから苦笑して付け加えた。

「一流とは言えない答えだな」

「いいえ、その通りだわ。そして、私は一流じゃない」

「僕もだ」

カウンターの目の前のガラス窓には、金沢の冬の夜が広がっている。ひっそりと息をひそめる町並みを彩《いろど》るように、雪が灯《あか》りを受けて金に銀にと舞う。

その時、カウンターの中で電話が鳴り、受けたウェイターがこちらに近付いて来た。

「植田様、いらっしゃいますか」

カップルたちが首を振る。当然、私たちにも尋ねた。倉沢は「いや」と言い、私を見た。

「いいえ」と、私も答えた。ウェイターはボックス席へと向かって行った。

「個人的な興味なのだけど」

倉沢はためらいがちに言った。

「あなたのような人が、こんな時間にひとりでホテルのラウンジにいる、というのはどういうことなんだろう」

あなたのような人、という言葉に私はうっとりした。少なくとも、私にはこの状況が似合わないと、この男は感じている。私はいったいどんな女に映っているのだろう。

「いけないことかしら」

「いや、そういうわけではないけれど、お陰で言葉を交わせられたのだから。最初はご主人と待ち合わせなのかと思った。けれども、そうだったら、僕を隣りに座らせたりはしないでしょう」

「そうね。でも、ひとりで飲みたくなる時もあるんです。たとえ平凡な主婦であっても」

軽い失望が、いやもしかしたら安堵《あんど》かもしれない、倉沢の眉の辺りを掠《かす》めていった。

「今夜、夫は出張でおりませんし、子供たちは姑《しゅうとめ》が見てくれてます。さっきまでお友達とお食事をしていたんですけど、こうしてひとりで出られることなどめったにないものですから、何となく帰りがたくて、結婚前に何度か来たことがあるこのラウンジに寄ってみたんです」

そう言ってから、私は倉沢の表情を探った。もしそこに露骨な興味と期待が見えたなら、やんわりと席を立つつもりだった。そんなかわし方など手慣れたものだ。倉沢はグラスを傾けてから、ゆっくりと窓に目をやった。

「早く帰った方がいいかもしれない。今夜の雪は積もりそうだ」

その時、私はこの男と寝たいと思った。

襦袢《じゅばん》が背中に柔らかく吸い付く。いつもの癖が出て、衿《えり》を抜きすぎないよう注意する。半襟は茄子紺の友禅に合わせて、鴇色《ときいろ》に梅の刺繡《ししゅう》を施したものを選んだ。私は鏡の前に立ち、楽しみながら着物を着る。私を愛撫するかのように、しゃらしゃらと衣擦《きぬず》れの音が流れる。腰紐《こしひも》、細帯、伊達《だて》締め、と結び目に気を遣いながら締めてゆく。倉沢にほどかれることだけを待つすべての紐たち。私はこの紐にさえ嫉妬《しっと》する。

あの時、ウェイターがもう一度電話を受けて「植田」という人物を探し始めた時、私は倉沢に言った。

「ご迷惑でしょうけれど」

「何か」

「送っていただけないかしら」

倉沢は一瞬、戸惑ったような顔をした。たった三十分ほど会話をしただけの相手にしては、図々しい申し出だと思ったのかもしれない。それでもスツールから腰を上げた。

「いいですよ」

ラウンジを出て、エレベーターに向かった。倉沢は思いがけず背が高い。後ろから見上げるうなじが清潔だった。そんな発見が私を嬉しがらせた。エレベーターの下りのボタンを押してから、倉沢が振り返った。

「お宅はどちらですか？」

「すぐ近くです。送っていただきたいのは、あなたのお部屋ですから」

そう言った時の倉沢の驚いた表情を思い返すと、私は今も笑ってしまう。

私は倉沢の後について部屋に入った。入ってすぐに窓のカーテンを開けた。相変わらず雪が舞っている。それは強まり、溢《あふ》れ落ちるという言い方の方がふさわしいかもしれない。窓ガラスの細かい水滴をなぞる私を振り向かせ、倉沢は唇を重ねた。

「不思議な気分だ」

「ええ」

「どうして、こんなことを？」

「わからないわ」

「そうか」

「わからないことは、考えないようにします。考えても、きっといい答えは出て来ないから」

「まだ、名前を聞いてなかった」

「名前……」

その時、倉沢の目に窓の雪が映っていた。

「ゆき」

不意に口をついて出た。倉沢は二、三度瞬きをした。

「ゆき、さん」

「ええ」

「雪おんなと同じ名前だ」

「そうね」

「でも、きれいな名前だ」

倉沢が、雪を背景にして帯を解く私の姿を目を細めながら眺める。やがて襦袢姿で私は倉沢の隣りにあるぽっかりとした空間に身を滑り込ませる。倉沢の手が、絹よりもしっとりと私の肌を滑る。私の手が倉沢の背で舞う。降りしきる雪の影が、ふたりの身体に落ちる。私は本当に自分が雪おんなになったように感じる。

長い時間を過ごしたように思った。けれども一時間ほどしか過ぎていないのかもしれない。私はベッドから擦《す》り抜けると、手早く着物を着て、髪を整えるために鏡の前に座った。

「また、会えるだろうか」

倉沢が言った。鏡の中で、私は倉沢と目を合わせた。眼鏡をはずした倉沢は、いくらか頼りなげに見えた。狼狽《うろた》えと戸惑いのないまぜになった控えめな意思表示。そういった男の気持ちが、どんなに女を恍惚《こうこつ》とさせるか、たぶん倉沢は知らない。

「君さえよければ、都合をつけて金沢に来る。雪が消えた頃に」

「いいえ」

私はゆっくりと首を振った。

「雪が消えれば、私も消えるわ。雪おんなはそういうものでしょう」

一瞬、倉沢は口を噤《つぐ》み、やがて静かに頷《うなず》いた。

「わかった。明日、僕は帰らなくてはならない。けれど来年の冬、二月の第二土曜日、また必ず来る。今日、君が現われた八時半にあのラウンジにいる」

「………」

「待っていてもいいだろうか」

私は倉沢から視線を窓へと滑らせる。

「いや、待っている」

降りしきる雪を見つめながら、私は答えた。

「もしその時、雪が降ったら」


翌日、豊岡から不機嫌な電話が入った。覚悟していたことだったので、私は自分でも嫌悪を覚えそうなくらい甘えた声で謝った。

「本当にごめんなさい。法事が長引いて、その上あの雪だったでしょう。結局、実家に泊まっちゃったのよ」

「九時にはラウンジにいると言ったから、何回も電話を入れた。最後にはウェイターに呆《あき》れ声を出された」

「部屋にはおひとりで泊まったの？」

「仕方ないだろう。家の者には出張だと言って出て来たんだから」

「今度は絶対だから。だから、機嫌直して。そうだわ、近いうちに私の部屋にいらして。お鍋でもつつきながら、ゆっくり飲みましょうよ」

豊岡の相好が崩れるのが、電話を通しても感じられた。豊岡は五十歳を越えたばかりの金沢の古い和菓子屋の主人だった。月に一度か二度相手をして、まとまった額の援助を受けている。

香林坊の裏通りにあるビルの五階に、私は『妙』という店を持っている。『妙』は私の本名から来ている。広さは二十坪ほどで、二十人ばかりの客が入れる広さだ。女の子は四人いて、アルバイトも何人か雇っている。この界隈《かいわい》では少しは名の知れた店ではあったが、正直なところ、経営はあまり芳しいものではなかった。そのためのパトロンを持つことに、私は何の抵抗もなかった。

高校を中退して、家を飛び出し、お定まりの水商売に入り、引抜きを繰り返して、二十七歳で店を持った。店を持つためには何でもやった。男と寝ることぐらい何でもなかった。この世界に入った以上、経営者にならなければ馬鹿だ。若さを切り売りして、搾《しぼ》り取られるだけの働き蟻《あり》だけで終わるのはごめんだった。

私は毎日、着物で店に出る。ほとんどが綸子《りんず》地《じ》で、色柄ともに派手なものばかりだ。刺繍や金彩を施したものも数多い。それにふさわしい簪《かんざし》、指輪、時計、バッグ、毛皮、私はそのすべてを男たちを喜ばせながら自分のものにして来た。

同業者の女たちが私をどう言っているか知っている。けれど平気だった。陰口はひとつの勝利の証でもある。叩《たた》く彼女たちはすでに負けを認めている。人は私をしたたかな女という。けれど、私はしたたかなのではない。欲しいものをただ手に入れたいと望んでいるだけだ。

一年後、私たちは再び会った。

お伽噺《とぎばなし》のような約束は、思いがけず私に甘い楽しみをもたらした。しかし、そんな自分に私は少し警戒していた。逢瀬《おうせ》が無価値なものであっても気にすることはない。所詮そこには何もない。ささやかな偶然が、私に「ゆき」という名の女になるほんの数時間を、人生のおまけとして与えてくれただけだ。もし倉沢がいなければいないで、それも構わない。最初から何もないものに対しては期待もない。

二月の第二土曜日、八時半。

ラウンジに入ると、カウンターに背中が見えた。前面のガラス窓には去年と同じように雪が舞っていた。私はしばらく佇んで、倉沢の背を見続けた。約束は破ることと守ることのどちらが難しいだろう。来るわけがない。そう思っていた。それは実のところ、来なければいい、という祈りに似ていた。

倉沢が振り向く。柔らかく私を見つめる。私は微笑《ほほえ》む。私はまぎれもなく「ゆき」という名の女に変わる。

「聞いてもいいだろうか」

「何を？」

「君のことが知りたいんだ」

「……………」

「答えたくないことは、答えなくていい。話せる範囲で構わない」

「私の何を話せばいいの？」

「そう言われると、自分が本当は何を聞きたいのかわからなくなってしまう。何でもいいんだ、好きな食べ物のことでも、どんな本を読んでるかということでも、家族のことでも」

「そうね」

私は少し考える。目を閉じて「ゆき」という女の在《あ》り処《か》を探し始める。

倉沢の腕の付け根から顎先の空間に、私の頭はすっぽりと包まれている。倉沢の腕に力がこもる。外の寒さとは対照的に、暖められた部屋。そして、もっと熱い倉沢の腕。私は自分の身体が溶けだして、倉沢の身体のくぼみをすべて埋め尽くせたらいいのに、と思う。今までたくさんの男と寝て来た。抱かれるということが、もしこんな気持ちになることだったら、私が今までベッドの上でして来たことは何だったのだろう。

「好きな食べ物は、そうね、何かしら。小さい頃、家の裏庭に大きな石榴《ざくろ》の木があって、秋になるといくつもの実をつけるの。あの酸っぱさはときどき懐かしくなるわ」

「ふうん」

「本は、全然だめ。映画なら少し」

「どういったもの？」

「笑わないでね」

「もちろん」

「マレーネ・ディートリッヒのファンだったの。『モロッコ』『嘆きの天使』『間諜X27』『上海特急』『情婦』。もちろん観たのはみんなビデオだけれど。傲慢で蠱惑《こわく》的でそのくせ深い絶望が見えるの。若い頃、あんなふうに生きてみたいと思ったわ」

「今の君とは全然違う」

「そうね」

それがゆきという女に対しての言葉であることはわかっている。けれど、妙子であっても同じだった。私は彼女のようには生きていない。たとえ似ていても、すべてそこに贋《にせ》という文字がついていることを誰よりも知っている。

「あとは何だったかしら」

「家族のこと」

「ああ」

「いやだったらいいんだ」

私は首を振った。

「ううん、構わないわ。家族は六人。舅《しゅうと》と姑、主人と私と子供がふたり」

「お子さんはいくつ？」

「上の子が娘で十一歳、下の子が男の子で八歳」

「可愛いんだろうね」

「ええ、自分の口から言うのも何だけれど、本当にいい子たちなの」

「ご主人とはいつ？」

「二十三の時に」

「知り合ったきっかけは？」

「その頃、私は銀行に勤めていたの。主人が窓口に現われて、振込みの方法を聞かれて、それから毎日、顔を出すようになったの。可笑《おか》しいのよ、一万円の入金と出金をただ繰り返すだけなんだから。それがひと月続いて、初めて食事に誘われたの。その時の主人ったら、真っ赤になって声も震えてた」

「いいご主人だ」

「主人だけでなく、舅も姑も優しくしてくれるわ。時々、思うの。私にはもったいないくらいの人生だって」

「幸せなんだね」

「ええ、とっても」

「だったらどうして」

「え？」

「泣いているの？」

その時、初めて自分が泣いていることに気がついた。理由《わけ》は自分でもわからない。幸せな「ゆき」という女。私の知らない、私には見えない、決して手に入らない「ゆき」という女の人生。

「馬鹿ね、私ったら」

倉沢の唇が私の涙を拭《ぬぐ》う。

「あなたのことも聞かせて」

「ああ」

「結婚されているんでしょう？」

「している」

「奥さまはどういう方？」

「大学の同級生だ。彼女はグラフィックデザインの仕事をしていたんだが、僕の親父が倒れて呉服屋の店を継ぐことになった時、仕事を辞めて一緒についてきてくれた」

「いい奥さまね」

「ああ、僕にはすぎた女房だと思ってるよ」

「お子さんは？」

「ひとり。五歳の男の子だ」

「幸せなのね」

「不満は何もない」

私は雪明かりの中で、倉沢の顔を眺める。一年前の記憶と異なる何かを探そうとするが、見つからない。目の前に見える顎先。眼鏡をはずした時の日向水《ひなたみず》のような眼差《まなざ》し。肌を滑る柔らかな指。熱く逞《たくま》しい一点。何もかもが同じだった。それは奇跡のように感じられた。

「あなたは、なぜここに来たのだろう」

呟くように、倉沢が言った。

「そうね」

独り言のように、私は答えた。

「幸せな家庭があるのに、なぜ？」

「たぶん、幸せだから」

「わからないな」

「あなたはなぜ来たの？　幸せな家庭があるのに」

「会いたかった。ただ、それだけだ」

「もし不幸だったら、あなたはきっとここには来なかった。私も同じ。私たちのことを、不幸の代償にしたくないの」

「それは、喜んでいいのか悲しんでいいのかよくわからないけれど、お互いが幸せでいる限り、こうして会えるなら、ずっとそうあって欲しい」

雪は降り続いている。

ベッドで寄り添う私と倉沢の上にも、それははらはらと降り落ちる。

三度目の逢瀬に、私は紫と鳩羽鼠《はとばねずみ》が縦縞に織られた牛首紬を選んだ。

四度目は、縹《はなだ》色の蠟《ろう》こぼしに加賀人形が描かれた小紋を着た。

そして五度目の今日、こうして茄子紺の友禅に袖を通している。

豊岡から別れを切り出されたのは三か月ほど前のことだ。その時、情けないことに、私はすっかり狼狽えてしまった。豊岡とはかれこれ五年以上も付き合って来た。その間にかなりの援助も受けた。もちろん、そのことに恩義など感じてはいない。私はそれだけの分を、自分の肉体で払って来た。豊岡とはいずれその時が来るとは思っていたが、まだ二、三年先のことだろうと踏んでいた。

豊岡というバックを失うことは、店の経営に大きく響く。先月、店のソファを全部入れ替えたのだが、その代金は未払いのままだ。女の子たちの給料は高くなる一方だ。景気は相変わらず悪く、客足は伸びない。飲み代の回収もうまくいかない。家賃、酒屋への支払い。銀行口座に大した残高はない。

そんな時だった。店でいちばん売れっ子の真奈美が「辞めたい」と言って来たのは。

彼女は一年ほど前、私がかなりの額で引抜いてきた女の子だ。二十六歳の真奈美は、どこか私に似たところがあり、特別に可愛がってきたつもりだった。それがたった一年で辞めるという。聞いた時、私は思わず声を張り上げた。

「恩を仇《あだ》で返すつもりなの」

真奈美は唇の両端をきゅっと持ち上げ、白い歯をこぼれさせた。

「ママにはじゅうぶんつくしたと思いますけど」

いつの間に、彼女はこんな笑い方を覚えたのだろう。

私は煮え繰り返るはらわたを何とかなだめて、猫なで声を出した。今、真奈美に辞められるのは痛い。何としても残って欲しい。せめて強力なパトロンが見つかるまでは。

「お給料だったら、もう少し何とかするから」

「短い間だったけど、お世話になりました」

「歩合を上げてもいいわ。要求を言ってちょうだい」

「ごめんなさい、ママ。もう決めちゃったの」

しゃあしゃあと真奈美が言う。怒りで声が震えた。

「どこの店なの」

「あら」

「そっちは、いくら出すって言ってるの」

真奈美が白い喉をのけぞらせた。

「やだわ、ママ」

「答えなさい」

「そうじゃないの。私、お店を持つの」

「え……」

「この世界に入った以上、使われる方じゃなくて、使う方にならなきゃ馬鹿だって、ママ、前に言ってたじゃない。ママにはいろいろ勉強させてもらいました」

真奈美がソファから立ち上がる。

「じゃあ、お元気で。オープンの時は、案内状を送らせてもらいます」

その後ろ盾が豊岡であることを知ったのはそれからすぐのことだ。

真奈美はその上、店の女の子を二人連れて行った。このままでは駄目だ。店はつぶれてしまう。私は慌てて、新しいパトロンを探し始めた。客の中で、私を目当てに通ってくる、金を持った男。そうだ、森田だ。森田は金沢で手広く建築の仕事をしている。風采《ふうさい》はあがらず、飲み方も女の扱いも田舎者丸出しだが、何より金を持っている。

食事に誘うと、すぐに出て来た。飲むと日焼けした額がてらてら光って、台所の隅にいる虫を連想させた。私は見ないよう努力した。考えるのは金のことだけだ。食事の後は、当然、ホテルに入った。

するだけのことをして、私が話を切り出すと、森田は苦笑した。その苦笑の意味がわからず、私はしばらく森田を見つめた。

「店が苦しいって噂はやっぱり本当だったんだな」

「何のこと？」

私はとぼけた。

「でなきゃ、こんな俺を誘うわけがない」

「それはご自分を過小評価し過ぎだわ」

「真奈美にハゲを寝盗《ねと》られたんだって？」

一瞬、顔が強《こわ》ばった。もちろん、すぐに笑い飛ばした。

「いやだわ。誰が言ってるの、そんなデタラメ」

「金沢なんて、狭い町だからな」

「ああ、いやだ。閑人《ひまじん》ばっかり」

私はベッドから抜け出て、浴衣《ゆかた》を羽織り、冷蔵庫のドアを開けた。

「何か飲む？」

「いいや」

「私はビールをいただくわ」

缶を取り出し、プルリングを引く。

「ママ、いくつになった」

不意に森田が尋ねた。

「女に年は聞かないものよ」

私はビールを喉に流し込む。

「そろそろ、四十か」

「まだよ」

「どっちにしても、もう、身体で男をつなぎとめられる年じゃないだろうが」

私は黙ってビールを飲み続ける。

森田は服を着始める。シャワーも浴びずにだ。そんな男だ。それでも私はビールを飲み続ける。

服をつけた森田は、内ポケットから封筒を取り出した。

「三十万ある。まあ、これくらいで辛抱しとけ」

テーブルの上に封筒が放り出された。

「それなりに楽しませてもらったよ」

「どういうこと」

「今のママはそんなもんだってことさ」

森田が背を向ける。

身体が震えた。私は封筒を鷲摑《わしづか》みにして、森田に投げつけた。しかしそれは、閉じられたドアに当たり、乾いた音をたてて床に落ちた。ベージュの絨毯《じゅうたん》に札が散らばる。私はしばらくの間それを呆《ほう》けたように見つめ、やがて拾い集めるためにのろのろと立ち上がった。


昨夜から雪は降り続いている。

私は足袋《たび》が濡れるのを気にしながら、タクシーを降りる。ホテルのドアの前に立った瞬間、私は金沢で家族と幸福に暮らす「ゆき」という女になる。

私が嘘をついていることなど、どうでもいいことだ。同じことは倉沢にも言えるはずだった。彼が嘘をついていないと、どうして言えるだろう。呉服屋の後継ぎも、彼のために仕事を捨てた妻も、可愛い子供も、あの男が勝手に作り上げた人生かもしれない。

けれども、それならそれで構わない。たとえ会わない三百六十四日が知らない男であっても、会う時、私にとって彼は倉沢以外の何者でもない。彼にとって、私が「ゆき」という女以外の何者でもないように。

エレベーターが止まる。私はラウンジへと向かう。

私は幸福な女だ。たとえ昨日まで、たとえ明日から、どんな不幸が存在しても、今夜だけは誰よりも幸福に生きている女になる。

カウンターに倉沢の背が見える。

私は彼に近付いてゆく。

雪は降り続いている。

過去が届く午後

真粧美《ますみ》から最初に送られて来たのは、アルチンボルドの画集だった。

包みを解いて、有子はしばらくの間、それに見入った。

アルチンボルドの描く世界は、人を混乱させる。ほとんどの作品は人物像だが、顔のパーツはまったく別のものでできている。たとえば野菜、たとえば花、たとえば動物。それらがキャンバスの上で雑然とレイアウトされながら、ひとつの顔になる。

彼の作品に対する評価は高いが、好き嫌いも激しい。特に、動物を扱ったものに関しては生理的嫌悪を感じる人も少なくない。有子もそうだった。ひしめきあったさまざまな魚で描かれた女の顔を見た時、嫌悪で軽い嘔吐《おうと》に襲われた。それでも目が離せなかったのは、その嫌悪の中に、どこか甘美な性の匂いを感じたからだ。それは有子をたじろがせ、戸惑わせた。

もう随分前の話だ。

そんな印象が蘇《よみがえ》り、ページをめくる指にもつい時間がかかった。中程までいった時、挟まれていた手紙がするりと落ちた。

≪この間は久しぶりに会えて楽しかったです。有子の活躍は聞いていたけれど、実際に会って、本当に驚きました。あの頃のあなたとは別人みたい。仕事の成功は人を変えるのですね。実はあの後、あなたから借りていた画集のことを思い出しました。借りっぱな

しになっていて、本当にごめんなさい。今さらですが、お返しします。ではお元気で》

有子はその文面を二度ゆっくりと読み、折り目のままに閉じた。

先週の集まりで真粧美と会ったのは、七年ぶりだった。集まりというのは、有子が手懸けた化粧品のパッケージがデザイン賞を受け、そのお祝いのパーティを事務所が催してくれたのである。取引先や代理店などの仕事関係の他、かつての仕事仲間だったメンバーにも声をかけてくれ、その時、七年前に同僚だった真粧美にも連絡をした。彼女も現在夫と共に住んでいる金沢から、わざわざ上京してくれたのだった。

知り合いたちの顔の中に真粧美の姿を認めた時、有子は少し困惑した。その理由はうまく言えない。ただ、彼女と会わなかった七年の時間に歪《ひず》みのようなものを感じた。会ったのはついこの間のような気もしたし、まったく知らない誰かのようにも見えた。

同じデザイン事務所にいた頃、ふたりはとても仲がよかった。同じ年齢ということもあったし、同期として事務所に入ったのがふたりだけだった、ということもある。スタッフは総勢十二人。社長であるデザイナーの田宮もまだ四十歳前で、若い事務所だった。田宮は業界では注目を集める存在であり、広告関係から出版界まで幅広く仕事をこなしていて、有子は学生の頃から雑誌や専門誌で彼を知り、強い憧《あこが》れを持っていた。採用が決まった時、彼のスタッフのひとりとして働ける幸運を、心から喜んだ。

あの頃、ふたりは仕事帰りによく一緒に遊んだものだ。表参道にある事務所の近くには洒《しゃ》落《れ》たカフェやパブがたくさんあり、夜遅くまで競うように飲んだり、騒いだりした。

有名な美大のグラフィックデザイン科を卒業して来た真粧美は、客観的に見ても、有子より格段の才能と実力があった。有子は地方の専門学校で二年、東京に出て来てもう二年勉強したが、今ひとつセンスに欠けていた。それは仕事だけでなく、生活のすべてに繋《つな》がっていたように思う。都会育ちで小さい時から洗練されたものだけを身の周りに置いてきた真粧美は、服装もお化粧も会話も仕草も、有子をいつも圧倒していた。たとえ同じ白のTシャツを着ていても、真粧美のそれと有子のそれは同じものには見えなかった。

先に仕事を任されたのも彼女の方だった。それは事務所に入って半年ほどした時のことだ。レストランのオープンに使うパンフレットの制作だったが、ふたりの作品のどちらかを採用するということになり、提出の結果、真粧美に決まったのだった。実際、あの時の作品は確実に真粧美の方が出来がよかった。そのことは今も素直に認められる。

有子も有子なりに努力した。このままでは真粧美に差をつけられる一方だ。時間があるとこまめに美術館や展覧会を回り、雑誌や画集にも目を通すようにした。その成果か、有子も少しずつ仕事を任されるようになったが、それでもいつも真粧美より一歩遅れていた。

二年もすると、真粧美は次から次と仕事をこなし、田宮にもひどく期待をかけられる存在になっていた。それこそ、いずれは業界で注目を浴びる人材だと誰からも思われていた。なのに、人生はわからないものだ、と、有子はつくづく思う。そんな真粧美は今、金沢で専業主婦をしている。そして、さほど期待もされなかった有子が、今では田宮デザイン事務所で重要な立場に立っている。

電話が鳴って、手を伸ばした。

「ああ、僕だ」

「ええ」

「後からそっちに行くよ。そうだな、九時頃には着くと思う」

「今夜は装丁の打ち合わせがあるんじゃなかった？」

「作家の都合で来週に延期だ。まったく、物を書く人間の気紛れには付き合いきれないよ」

有子は小さく笑った。デザイナーだって同じようなものだ。

電話を切って、時計を見た。九時までにはまだ一時間以上ある。簡単な料理を作っておこう。最近、彼は太り始めてきたことを気にしているので、夏野菜のサラダでも作ろうか。ワインも冷やしておかなければ。有子はキッチンに向かった。

田宮とこんな関係に陥るとは、有子にとって想像もしていなかったことだ。田宮は憧れと尊敬に値する先生以外の何ものでもなかったし、一回り以上も年が違い、当然、妻子もある。男として意識しないわけではなかったが、その前に、彼はあまりにも遠い存在だった。三年前、仕事で一緒に出掛けた軽井沢で、思いがけず身体の関係を持ってしまった時も、旅先での一夜だけの秘密の出来事だと思おうとした。それで十分だった。それがこうして継続するようになっている。有子は田宮を愛していたし、彼のために仕事に全力を注いだ。そして田宮の方も、有子の才能を引き出し、育ててくれた。その結果が今回の受賞となったのだ、と有子は思っている。

九時を少し過ぎた頃に田宮が現われた。彼は居間のソファに腰を下ろすと、ふっとマガジンラックに目をやった。

「アルチンボルドか。今頃、どうした」

ワインを運び、有子は隣りに腰を下ろした。

「今日、真粧美から送られて来たの」

「彼女から？」

田宮が画集を開いて眺めている。

「私もすっかり忘れていたんだけれど、一緒に事務所にいた頃、貸してあげたの。この間、パーティで久しぶりに会ったでしょう。それで真粧美も思い出したんですって」

「久しぶりだな、この絵を見るのは。この不気味さが、何とも言えず、人をひきつける。悪趣味だって言いながら、見入ってしまう。ウィーンの美術史美術館で『夏』というタイトルの絵を見たが、その前で足がしばらく動かなかったよ」

「ねえ」

有子はグラスにワインを注ぎ、田宮に渡した。

「ん？」

「もしかして、あなた、真粧美と何かあった？」

田宮は口をつけたワインに、思わずむせそうになっている。

「おいおい、変なこと言うなよ」

有子は自分のグラスを満たした。

「何かなくても、本当は口説こうと思ってなかった？」

「バカなことを」

田宮が苦笑する。思いがけず少年のような幼さがのぞく。

「あの頃、あなたは真粧美にすごく期待をしてたわ。その期待に応えるだけの才能を、真粧美も持ってた。美人だし、頭もいい。そんな彼女をあなたが放っておくなんて思えない」

「僕が、事務所の女の子に片っ端から手を出しているとでも思ってるのかい？」

「いいえ、真粧美だからよ」

有子はグラスを手にしたまま、ソファにもたれかかった。

「この間、久しぶりに真粧美と会ったでしょう。何だか不思議な気分なの。期待され才能もあった彼女が今は田舎で主婦をやり、落ちこぼれだった私が賞を取り、こうしてあなたと一緒にワインを飲んでいる」

「才能なんて、何の価値もない。なまじっかあったりすると、却《かえ》って自分を見失う」

「どういうこと？」

有子は顔を向けた。

「確かに、あの頃の彼女には期待していたよ。彼女は君と違って、必死にならなくても仕事ができた。天性のセンスが備わっていた。けれど、だからこそ大したものではないと思ってしまうんだ。わかるかい？　彼女にとって、それは特別なものでも何でもなかったんだよ。だから結婚して仕事を辞めることに、何の躊躇《ちゅうちょ》もなかった。つまりデザインの才能を、亭主のパンツを洗うと同じレベルで考えていたということだ」

有子は黙ってワインを口に含んだ。

「この間、僕も久しぶりに彼女を見たが、もう主婦以外の何ものでもない顔をしていた。あの頃の彼女とは別人だよ。そして、今の君もあの頃とは別人だ。デザイナーとしてプロの顔になっている」

「じゃあ私は、才能がなくてよかったってこと？」

「はっきり言えば、そうだね」

「ひどいわ」

「最高の褒《ほ》め言葉のつもりだよ」

有子は思わずほほ笑んだ。

「ベッドへ行こう」

田宮がソファから腰を上げる。有子は頷き、彼を見上げる。才能のない自分が手に入れたものの大きさを、満ち足りた思いで嚙《か》み締めながら、愛《いと》しい背を見つめる。

二度目に真粧美から送られて来たのは、スカーフだった。

自宅マンションの郵便受けに、Ｂ５サイズの軽く柔らかい封筒を見つけ、その差出人の名前が真粧美だとわかった時、有子は暗闇《くらやみ》を吞《の》み込んだような気がした。前のアルチンボルドの画集が送られて来てから、まだ一週間もたっていない。

《引き出しを整理してたら、このスカーフを見つけました。これもあなたに借りたものです。本当にごめんなさいね、すっかり忘れちゃって。あれはいつだったかしら。確か、田宮先生が銀座のデパートの広告の仕事をしていた時だったと思います。ほら、私とあなたが真夜中までレイアウトのお手伝いをしたでしょう。あの時、事務所の冷房が利き過ぎて寒いって言ったら、あなたが貸してくれたんです。あの仕事は楽しかった。スカーフを見ていたら、あの時、田宮先生から言われたことを思い出しました。『君はもっと欲を持った方がいい』。言われた時は、よく意味がわからなかったけれど、今はわかります。私、本当に子供だったんですね。先生の言葉をきちんと理解していたら、違う人生が歩めたかもしれないのに。そう、今の有子のように。ねえ、有子、パーティの時、ちょっと噂を耳にしたのだけれど、田宮先生と特別なお付き合いをしているんですって？　あ、ごめんなさい、興味本位なこと聞いてしまって。今のあなたなら、それも少しも不自然じゃないわ。これからも頑張ってね、応援しています》

有子はスカーフを広げた。ピンク地に細かい花が散っている。ノーブランドだった。デザインにはまったく覚えがなく、こんな可愛らしいスカーフを好んでいた頃が自分にもあったのだ、と懐かしく思った。

先生を手伝ったという仕事のことも記憶にはなかった。デパートの広告の仕事など、今までにヤマほど受けている。真粧美がいた頃となるとどこのデパートだろう……けれど、考えても無駄だった。

近ごろ、有子はかつてのことをどんどん忘れるようになっていた。懐かしんでいるより、しなければならない明日から先の予定で頭がいっぱいだった。脳にもし、過去と未来を振り分ける部分があるなら、過去の部分までもすでに未来が侵食している。真粧美は逆なのかもしれない。夫との穏やかで幸福な暮らしは、過去をおかずにすることによって、今という主食をいっそう美味《おい》しくするのかもしれない。

もうこんなスカーフはしない。三十半ばの女には愛らし過ぎる。有子は小さくたたんで、引き出しの奥に押し込んだ。また、返事を書かなければならないことを、少し面倒に思っていた。

それから、お風呂に入りながら、田宮とのことが事務所の中で噂になっているという話を考えた。誰も何も言わないし、それなりに有子も気を配っていたつもりだが、特別な思いというのはふとした瞬間に、鱗《うろこ》のようにこぼれ落ちるのかもしれない。

いずれは独立するつもりでいた。そのことは田宮も賛成してくれている。もう十二年、この事務所にいる。四十歳になるまでには、と考えていたが、デザイン賞を受賞した今、少し時期を早めてもいいかもしれない。

それから、真粧美から頻繁にさまざまなものが届けられるようになった。

≪あれは確か、広告代理店との打ち合わせに行く時でした。出掛ける間際になって、ストッキングが伝線してしまったの。どうしようって慌ててたら、有子が予備を持っていて、私に貸してくれたんです。それをお返ししますね。もちろんあの時のものではないけれど、思い出したら気になって。ごめんなさいね、借りっぱなしのままで。有子は本当に気が利いてた。デスクやバッグの中に、必要になるかもしれない、というものをちゃんと備えていた。ソーイングセットとか、ヘアスプレーとか。私は行き当たりばったりの性格で、そういうことにまったく気が回らなくて、慌ててばっかり。本当に私たちって性格が全然違ってましたね。よく事務所の先輩が言っていたでしょう、有子はいいお嫁さんになるって。私はキャリアウーマンがお似合いだって。それが今じゃ、有子はばりばりのデザイナー、私は平凡な専業主婦。もちろん幸福に暮らしているから、不満があるわけではないのだけれど。やっぱり世の中、わからないものですね。また何か思い出したらお返しします。最近、どういう訳か、怖いくらいあの頃の記憶が蘇るんです≫

有子は手紙を読み終えて、ナイロン袋に入ったストッキングを眺めた。背中の辺りに、ひやりとした雫《しずく》のようなものが落ちて行くのを感じた。

有子は返事を書いた。ハガキではなく、手紙にした。

≪スカーフとストッキング、確かに受け取りました。そんなこと、気にしないで。私こそ、あの頃、真粧美からいっぱい借りていたような気がします。いつも真粧美の仕事を見て、勉強させてもらっていたから。そのお返しもしないままでごめんなさい。賞を受けたのも、真粧美のおかげかもしれません。真粧美の言う通り、今、お互いに自分が想像していたのとは違った生き方をしているけれど、人生なんてこんなものかもしれません。秀之さんはお元気ですか？　結婚式の時の、幸福そうなふたりの笑顔が今も印象に残っています。そちらは緑に溢れた美しくのんびりした土地だと聞いています。都会の汚れた空気と喧騒にまみれた生活から見ると、羨ましくてなりません。私なんて仕事ばかりの毎日で、家に帰っても待っていてくれる人がいるわけでもなく、このまま孤独に淋《さび》しく年をとってゆくのかと思うと思わずため息がでます。あの、真粧美。もし、これからも返し忘れたものを思い出すことがあっても、わざわざ送ってくれなくていいから。そんなこと、何とも思わないから。どうぞお気遣いなく。それではお元気で》

書き終えてから、何度も読み直した。何か真粧美の気に障るようなところはないか、ひどく気を遣った。

有子は田舎暮らしを羨ましくなど思っていない。空気がどんなに汚れていても、静かな夜など望めなくても、都会が好きだし離れる気はない。それは自分が田舎者のせいだ、ということもわかっている。そして、真粧美が躊躇なく秀之と結婚し田舎に行けたのは、都会育ちだからこそなのだ。才能のある真粧美が簡単にそれを捨てたのと同様には、決して捨てられない。

手紙を送ってから、しばらくは何もなかった。真粧美ももう気が済んだのだろう、と思っていた。あれは平凡な主婦が陥りがちな、変化のない毎日に対してのストレス解消の一種なのだ。有子の口から「負け」を認める発言を引き出しさえすれば、それで気持ちも収まる。だからこそ「孤独、淋しい、羨ましい」というような単語で期待に応えてあげた。今頃は胸をすっとさせているに違いない。

新しい仕事が始まっていた。大手出版社がアメリカ文学の選集を出版することになり、全十巻の装丁を田宮デザイン事務所に依頼して来たのである。田宮は有子に任すと言った。有子に異存などあるはずもなかった。出版に関する仕事は、前々から携わってみたかったものである。広告はギャラがよいが、どこか満たされない思いが残る。それを埋めてくれるのが出版関係だ。

有子は最近、よく図書館や古本屋に足を運ぶようになった。一冊でも多く本の装丁を見ておきたかった。特に戦前に輸入された洋書には、魅力的な装丁が多い。今日も、夕方から神《じん》保町《ぼうちょう》界隈を歩き回り、気に入った本を何冊か抱えて帰って来た。

郵便受けを見ると、封筒が入っている。真粧美からだった。

何かそこにひどく歪《ゆが》んだものを感じて、有子は手にしたまま立ち尽くした。あんなにサービスをしたではないか。これ以上、真粧美は自分に何を言わせ、何を認めさせようというのだろう。

部屋に入って封筒を開くと、丁寧に紙で包まれた現金が入っていた。二千六十円あった。

≪タクシー代です。暑いさかりだったから七月ぐらいだったと思います。新宿まで乗った時、私、こまかいのがなくて、有子に立て替えてもらったの。ほら、一緒に映画を見た時のことよ。リバイバルの『旅情』。隣りのカップルがやけにいちゃついていたの覚えてる？　とにかく、お返しします》

そんなの覚えてるわけないじゃない。

笑おうとしたが、頰《ほお》が強ばって、うまく笑顔にならなかった。テーブルの上に封筒ごと放り出すと、コインがこぼれて床に落ち、くるくると独楽《こま》のように回った。

その日を境に、再び、さまざまなものが送られて来るようになった。

急に生理になった時に借りたというナプキン、髪を止めるのに借りたというヘアピン、百円ボールペン、リップクリーム、ティッシュ。いつも短い手紙がついていた。その文字は、送られるものが増えるたびに乱れ、最近では判読できないものもあった。そしてついに、その届いたものを見た時、有子ははっきりと異常を感じた。

宅配便の袋の中に、二百ミリリットルの壜に半分のオレンジジュースと、サンドイッチが二きれ、入っていたからだ。

《あの時、代々木公園の噴水のある広場のベンチで、有子がコンビニから買って来たのを半分ずつにしたの。今度は私が買うからって言ったのに、そのままにしていてごめんなさい。ツナと玉子。確かにお返しします》

それは時間がたってすでに腐敗が始まり、異様な臭いを放っていた。

有子はその時、彼女に連絡を取ることに決めた。

夜の九時きっかりに電話を入れた。

コールが四回鳴って、受話器が上げられた。

「もしもし」

真粧美の声だ。有子はゆっくりと息を吸い込んだ。

「私よ、有子」

「えっ、有子なの。どうしたの、電話をくれるなんて」

「ちょっと声が聞きたくなって」

「嬉しい。私もずっと有子とお喋《しゃべ》りがしたいって思ってたの。あのパーティの時も、ちょっとしか話せなかったでしょう。主役の有子を独占しちゃいけないし。ねえ、どうしてる？仕事、頑張ってる？」

真粧美の声はひどく明るく屈託がない。こちらが面食らってしまうほどだ。

「ええ、まあ」

「今、どんな仕事をしてるの？」

「本の装丁よ。アメリカ文学の選集なの」

「素敵ねえ。いつ出版されるの？　私、必ず買うわ」

「そんなのはいいんだけど、ねえ、真粧美、私のところに送って来るもののことなんだけど」

「ああ、あれね。迷惑？」

「ううん、そういうわけじゃないけど、わざわざ送ってくれなくてもいいのよ。どうせ返してもらうほどのものじゃないんだから。みんな忘れてちょうだい」

「でも、それじゃ私の気が済まないのよ。今日もひとつ思い出して、送ろうと思ってたところ」

有子は恐る恐る尋ねた。

「なに？」

「除光液よ」

「え？」

「有子、デスクの引き出しに携帯用の除光液を持ってたじゃない。一枚ずつパッケージされてるの。あれを借りたの、思い出したの」

「いらないわ、そんなもの。それに、きっと貸したんじゃない、あげたのよ。だから返す必要もないの」

「貰《もら》ったんじゃないわ、借りたの。私、はっきり覚えているわ」

「真粧美……どうかしたの？　何かあったの？」

「何かって？」

「別に、どうってことじゃないんだけれど、何となくそんな気がして」

「何にもないわ。ただ、最近になっていろんなことが思い出されてしょうがないの。それでね、私、わかってきたのよ」

「わかってきた？」

「ねえ、有子。私たちって、いるべき場所を間違えてしまったんじゃないかしら」

真粧美の言っていることがわからず、有子は黙った。

「この間、パーティで有子のこと見たでしょう。あれからそんな気がしてならないの。考えれば考えるほど、そうとしか思えないのよ。有子は私で、私は有子。本当はそうなのに、私たち、どういうわけか人生が入れ替わってしまったのよ」

「何を言ってるの？」

「有子から借りたものはみんな返すわ。いっぱい借りているものがある限り、私は自分を有子と勘違いしてしまう。ねえ、やっぱりお互いに自分のあるべき場所に収まらなくちゃ。でなきゃ、本当の人生は送れないもの。ふふ、今頃気がつくなんてバカみたいだけどね」

真粧美の声はあくまで弾《はず》んでいる。有子は何も言えなかった。受話器を持つ指が冷たく震えた。

「真粧美」

「なに？」

「秀之さん、いる？」

「ええ、いるわ。代わる？」

「久しぶりに話がしたくなったわ。結婚式以来なんだもの」

「待って、今、代わるわ。秀之、きっとびっくりするわよ」

くくっ、と小さく笑って、真粧美が秀之の名を呼んだ。すぐに彼が出た。

「やあ、有子ちゃん、元気かい？」

穏やかな声が耳元をくすぐる。あの頃と少しも変わっていない。

「ええ、私は元気よ。あなたも」

「うん。もう田舎の鉄工所のオヤジそのものだ。有子ちゃんは、何だか知らないけど賞を取ったんだって。すごいなぁ。あの頃はそんなふうに仕事をばりばりやっていくタイプには見えなかったのに、わからないものだね」

「あの、変なことを聞くようだけど」

「え？」

「真粧美、変わりない？」

受話器の向こうで、秀之が怪訝《けげん》な沈黙を置いた。

「どういう意味？」

「東京から帰ってから、どこか変わった様子はないかしら。塞《ふさ》ぎ込んだりしてない？」

「いいや、全然。むしろ逆だよ、すごく明るくなった。真粧美の奴、最初はそっちに行くのを渋ってたんだ。でも、無理にでもやってよかったよ。何かふっきれたみたいに元気にやってる」

「何をふっきったの？」

「え？」

「ふっきったってことは、何かがあったってことでしょう」

「別に特別な意味じゃないよ。真粧美は元気だ、そう言いたかっただけさ」

「そう」

「今度、こっちに遊びに来ないか。金沢にはいい温泉も近くにあるしね。うちは子供がいないから、うるさくないし、いつでも大歓迎だよ」

「ありがとう」

電話を切って、有子はソファに腰を下ろした。

相変わらず、秀之は善良だった。

もし、と思う。もし、あの時、秀之と結婚したのが自分だったら。

家電メーカーの宣伝部に所属していた秀之は、仕事の関係で事務所に時折顔を出していた。その応対を有子か真粧美のどちらかがしていて、やがて三人で飲みに出掛けるほど親しくなった。

三人のバランスは、常に友人という域の中で保たれていたが、有子はいつしか彼に対してそれ以上の思いを抱くようになっていた。真粧美もたぶん、同じだったのだろう。もちろんお互いに口や態度に出すようなことはなかったが、水面下ではすでにひっそりとした戦いが始まっていたように思う。有子は常に仕事で真粧美に先を越され、それは才能の違いであり当然のことだったが、それゆえ秀之を取られたくないという意識を、はっきりとした自覚のないまま持つようになっていた。

秀之はどうだったのか。結果的に真粧美と結婚したのだから、彼女に気持ちが向いていた、と言えばそうなのだろう。しかし、もしかしたらどちらでもよかったのではないか、と今になって思う。それは彼らしい善良さから来る曖昧《あいまい》さでもあった。

あの時、あの電話が鳴らなかったら。あの電話を自分がとらなかったら。

ふたりは同時に受話器に手を伸ばし、ほんの瞬時の差で有子が受けた。打ち合わせで出ている田宮からのものだった。届けて欲しい書類があるという。真粧美と一緒に、秀之と待ち合わせたイタリアンレストランに出掛ける間際だったが、田宮の言葉には逆らえない。有子は真粧美を振り返った。

「先に行ってて。私、これを先生の所に届けてから行くわ」

遅れるのはほんの三十分ほどのことだと思っていた。けれども、行ってみると次から次と用事を言い付けられ、結局、三時間以上の遅刻となってしまった。慌てて駆け付けた時、当然のことながら、レストランにふたりの姿はなかった。

あの夜、ふたりの仲を決定づける何かが起きたことは確かだった。じきに秀之の父親が倒れ、故郷の鉄工所を継ぐことが決まったと、有子は真粧美から聞くことになる。

「結婚するわ、彼と」

さほど驚かなかった。ただ、あの時、電話をとったことを後悔した。二か月後、真粧美は事務所を辞めた。

そして、今日、その荷物が届いた。

土曜日の午後、湿った風が街をなぶるように流れていた。昨夜、遅くまで仕事をしていた有子は、気怠《けだる》い身体で配達員の声を聞いた。

「お荷物です。ハンコをお願いします」

オートロックを解除して、玄関ドアを開けて待つ。すぐにエレベーターからワゴンに載せられた巨大な箱が現われた。

「えっ、これですか」

「はい、そうです」

四方が一メートルほどもあるような巨大な箱は、その上、ひどく重く、配達員はふたりがかりで玄関に上げた。

「これがメッセージカードです。では、どうもありがとうございました」

呆然としている有子を残して、配達員が帰ってゆく。有子は戸惑いながらメッセージカードを裏返した。案の定、真粧美からだった。封筒の隅を細く破りながら、目は巨大な箱から離れない。これはいったい何なのだ。いったい真粧美は何を返そうというのだ。

《お元気ですか？　今までいろんなものを返して来ましたが、これで最後です。これは本来、有子のものです。だから、有子に返します》

有子は巨大な箱に目を落とした。混乱する想像がゆっくりと凝縮されて、身体が震え始める。

膝《ひざ》から力が抜け、有子は床に座り込んだ。箱の端に、かすかに赤い色が滲《にじ》んでいる。そこから不吉な予感に拍車をかけるような、ある種の臭いが漂ってくる。有子は座り込んだまま惚《ほう》けたように箱を見つめ続けた。

聖女になる日

香林坊から裏通りに入ると、急に人が少なくなった。

寒さが増したような気がして、私はコートの衿を立てた。吐く息が白く流れる。金沢の秋は短く、木々の彩りに目を奪われているうちに、冬はもう目の前に迫っている。鰤《ぶり》おこしと呼ばれる激しい冬雷が、街を揺るがすのもそう遠いことではないだろう。

私は中央通り方面に歩きながら、約束の店の看板を探した。それはやがて建物の陰に隠れるようにして見つかった。

暗い階段を下りてゆくと、節目の多いドアがあり、押すと猫を絞め殺すような軋《きし》み音をたてて開いた。仄暗《ほのぐら》い照明の中に細長いカウンター。三方を囲んだ壁は、長く煙草の煙に燻《いぶ》されて煮染めたような色をしている。中には数人の客がいた。その中で背中を反らせ振り向いた女性がミチだった。

「ここよ」

私はミチに近づき、蝶番《ちょうつがい》が緩んで座り心地のよくないスツールに腰を下ろした。

「久し振り」

「ほんとに」

ミチとは五年ぶりだった。最後に会ったのは、息子が生まれる少し前のことだ。

あれからずっと忙しかった。会おうと思えば時間は作れないこともなかったが、作ることに努力を払う気になれないような忙しさだった。

ミチは三十四歳になる今もずっと独身を通している。同棲はするが、結婚はしない。それが彼女の選択だった。今も十歳近く年下の男と暮らしていると言う。ミチは学生の頃からよく言っていた。恋がなくては生きてはいけない。けれども、それはあくまで男ではなく恋なのだった。そのことを彼女は、まるで目的の獲物しか獲《と》ろうとしない誇り高い狩人のようにまじめな顔をして言うので、いつもつい笑ってしまう。

「会うの、断られるかと思ったわ」

「そうしようかという気もしたけど」

ミチから電話がかかって来た時、詮索される憂鬱に声が重くなった。断るのが下手なのは、昔からの癖のようなものだ。断るための言葉を探し、断ることで、胸に小さなしこりを抱えたような塞いだ気分になる。そんな気の小ささが、幼い頃からいつも自分にはあったように思う。

バーテンダーが近づいて来た。私はミチのグラスを見た。

「なに、それ」

「フォアローゼス」

「私もそれを。炭酸で割って下さい」

黙って頷き、バーテンダーは赤いバラが描かれた瓶に手を伸ばした。

「息子さんが亡くなったこと、全然知らなくて。お葬式にも行かなくてごめんなさい。この間聞いてびっくりしたわ」

「気にしないで。ごく内輪ですませたから」

「大変だったわね」

「ええ」

ミチの、そのぽってりとした赤い唇から労《いたわ》りの言葉を聞くと、私は何やら滑稽《こっけい》になった。似合わないセリフ。それでいて決して気分は悪くない。暗澹《あんたん》たる話に、笑いを感じるのは最近身についた癖だ。そういうものがなければ痛みには耐えられない。それはもしかしたら、ヒトの身体に備えられた自分を守る機能なのかもしれない。

ミチはグラスを口に運ぶと、意外そうな顔をした。

「なに？」

「もっと打ちのめされたあなたを想像してたから」

「期待はずれ？」

「趣味が悪いわ、そういう言い方」

フォアローゼスのグラスが差し出された。まるで惜しむように一言も口をきかないバーテンダーだが、話し好きよりよほど気が利いている。

私は軽くグラスを持ち上げて乾杯の真似をした。ミチが目で答える。グラスからとうもろこしの匂いが漂って来る。細かい泡が唇を濡らす。刺激が喉を下りてゆく。

「家を出たんですってね」

「よく知ってるわね」

「私にだって噂話を伝えてくれる物好きな女友達ぐらいいるわ」

いくらか怒ったようにミチは言った。息子を亡くし、家を出た女。噂が彼女の耳に届くには遅すぎるぐらいだ。

「今はアパートでひとり暮らしよ」

「いつから？」

「四十九日を済ませて、そのまま」

ミチがひとつため息をつく。

「人生ってわからないものね。あの時、玉の輿《こし》だって、みんなに羨《うらや》ましがられてたあなたなのに」

古くから金箔の仕事をし、伝統とか由緒という言葉が似合いの嫁ぎ先は、町名さえ書いてあれば番地がなくても郵便物が届くというほど、その辺りでは名の知れた家だった。従業員を数十人抱えた工場と、繁華街にいくつかのビルを持っていて、郊外に広すぎるほどの屋敷がありながら、姑は息子夫婦のために白い瀟洒《しょうしゃ》なマンションの一室を用意した。確かに玉の輿と呼ばれるにふさわしい結婚相手だった。

「正式にはまだ離婚してないの。手続きが残ってるわ」

「手続きなんて簡単よ。何もかも捨てる気持ちがあって、何も欲しがる気持ちがなければ」

「結婚してないのに、よく知ってるわね」

「同棲を解消する時も同じよ、男と女という点ではね」

ミチは唇の端をきゅっと上げて、笑いをこぼした。

「息子さん、いくつだったっけ」

「三歳よ。三歳と二か月十一日」

「まだそんなに小さかったのね」

「医者にはもった方だと言われたわ」

「そう」

「でも、私には長かったのか短かったのかよくわからない。あの子と一緒の時は、いつも時が止まっていたような感じだったから。息子が生きた年月より、息子が死んで四十九日を済ませるまでの時間の方が、私には気が遠くなるような長さだったわ」

その間、私は何もしなかった。と言うよりよく覚えていないのだ。自分がどうやって過ごしていたのか。食べていたのか、寝ていたのか、泣いていたのか、気がふれていたのか。

「今はどう」

「何が？」

「時間は長い？　それとも短い？」

「そうね」

私はしばらく考えた。落ちた編み目を探すような毎日。気がついて、時計を見た時、思い通りの時間だったためしはない。

「わからないわ」

ミチは少し目を細め、グラスに手を伸ばした。できるだけ会話の語尾から湿り気を抜こうとしても、言葉の隙間《すきま》から苦い樹液のようなものがにじみ出た。死が絡んだ話はいつだって、語られる者がすでに生身ではないからこそ、生々しさが浮き出て来る。

その時ふと、カウンターの端に座る男が目についた。一辺が極端に短いL字型のカウンターは、そこだけダウンライトが届かず、薄ぼんやりとした輪郭の中に、闇より暗いふたつの穴が見えた。それが目だと気づくまで、少し時間がかかった。心の中に小石を放りこまれたように、訳もなくそのほら穴の目に惹《ひ》かれた。

「あの人、気になる？」

ミチは私の心の動きを敏感に感じ取ったようだった。

「知ってる人？」

私は男に視線を向けたまま尋ねた。

「この店でよく見掛けるわ。話したことはないけど。でも、あの人には面白い噂があるのよ」

「噂？」

「ねえ、世の中に死にたいと思ってる女がどれほどいると思う」

唐突にミチが言った。

「たぶん、女の数だけ」

「でも、ほとんどの女は死にはしないわ。死ぬのは怖いもの。痛いだろうし苦しいだろうし。後のことも考えたりしてね。死ぬってとても面倒なことだもの。だからつい諦めてしまう。でも、もしその時、一緒に死んでくれる男がいたとしたら？」

「そうね、五分の三くらい、気分が楽になるかもね」

「その五分の三を、あの男は売るの」

「売る？」

私はグラスを持つ手を止めた。

「そうよ。ひとりで死ねない女のために、一緒に死んでくれるのよ」

「でも、あの人は生きてるじゃない」

「ええ、そうね」

私はミチの顔を見て、それからもう一度男に視線をすべらせた。

「今まで何人もの女と心中したのに、あの男だけは死なかったんですって」

その時、私はかつて耳にした物語を思い出していた。

誰から聞いたのか、いつのことか、忘れてしまった。

昔、金沢にまだ赤線と呼ばれる場所があった頃、そこで働く女たちに心中が流行《はや》ったことがあったという。絶望の果てに、死に逃げ場を求める女の気持ちは当然だったかもしれない。しかし、ひとりで死ぬには哀《かな》しすぎる。女たちは死ぬためだけの男を求めた。そして、それを引き受ける男がいた。心中するのだ。その男は、決して途中で逃げ出したりはしない。本気で男も死にたがっている。けれども、結局、女にとり残されて、男だけが現世に戻る。何度繰り返しても同じだった。

どうして、と、その時、私は尋ねたはずだ。どうして男は死なないの。

「死なせてもらえないくらい罪深いことをしたんでしょうね」

そんな答えが返って来た。決して死ねない罪。それはいったいどんなものだろう。死んだ女のことよりも、死ねない男のことばかりを考えた。

しかし、そんなことは所詮、物語の中でのことだ。

「心中して、自分だけ死なないなんて、何かカラクリがあるのかしら」

私はミチに尋ねた。

「当然だけど、警察沙汰《ざた》にもなったし、保険会社から訴えられたこともあるそうよ。でも、またあそこに座ってる」

ミチはグラスを、失語症と呼びたいほどのバーテンダーに差し出した。

「同じもの」

「報酬は？」

「全財産、女の持っている」

私はもう一度その男に顔を向けた。痩せた身体がくたびれたジャケットの上からでも想像できた。四十をひとつふたつ過ぎたくらい。本当はもう少し上かもしれない。男がグラスを持ち上げた。グラスにライトがいくらか反射して、ほら穴のような目が照らされた。照らされても同じだった。何も見えてはいない目。見ないな目。見ようとはしない目。数万年前に生きていたと、どこかの科学者がテレビで言っていた不思議な形をした昆虫の目に似ていた。

「でも、もし自分も死んでしまったら、どれだけの報酬を得ようと元も子もないのに」

「報酬が目的じゃないいんじゃないの」

「つまり、一緒に死ぬ相手をほしがってるのはあの人自身ってことね」

「あの男を見てるとそんな気がするわ」

ミチの言葉が、グラスの中に溶けてゆく。透明の氷に亀裂が走り、グラスの色が変わる。

私は少し息が苦しくなった。店の中で繰り広げられている小さな囁《ささや》きや呟《つぶや》きや耳打ちや嘯《うそぶ》きや、そして無言さえも、頭上でひとつに絡み、膨らみ、はじけて、音楽より細かい粒子となって、降り注いで来る。

「それ、本当の話なの」

「言ったわ、噂よ。でも時々、思うのよ。死にたくなったら、あの男に頼めばいいんだって。一緒に死んでくれる男がいる。そう思うだけで、何だかホッとするの」

ミチはかすかに笑った。

息子が、生まれてほんの数分の間、息をすることをためらっているうちに、彼は正常人であることの席を奪われていた。

長い陣痛の後、分娩台の上で疲れ果てた私は、苦痛から解放された安堵と、遠ざかろうとする意識と戦いながら、必死に耳をすました。知識で得た、出産の最初の喜びがそこで得られるはずだった。

けれど息子の声はなかった。医者の怒鳴り声と看護婦の慌ただしい足音。私は足をだらしなく広げたまま、知識のページをめくっていた。散々読んだ育児書。けれどどのページにも覚えがない。頭の中で指だけがせわしなくページをめくり続けた。抜かしたページを後悔した。めくる指がもつれてゆく。いつか私は気を失っていた。

目覚めた時に見た夫の顔を、たぶん私は一生忘れることはないだろう。あんな気の毒そうな男の顔は、生まれて一度も見たことはなかった。

私はその時叫んだかもしれない。髪をかきむしったかもしれない。しかし何もかもが曖昧な記憶だった。長く消えない左手首の痣《あざ》が、その時ベッドの枠に叩きつけたせいだと聞いても、どうしても思い出せなかった。

治療による回復の見込みはない。

スノッブな声で医者は言った。病名の他に、息子にはたくさんの診断が下された。どれも陰湿な響きのあるものばかりだった。そんな不粋な呼び名の中で、不随意性運動麻痺、という美しい形容詞が私は一番気に入っていた。

実際、息子は美しかった。

息子が手足を宙に舞わせる姿を見ていると、私はずっと昔にテレビで観たことがある、南の島の祭りを思い出した。

宗教の儀式に違いないその祭りは、中央に火を焚《た》き、その周りを妖《あや》しげな面を被り、手に槍《やり》を持ち、身体に泥を塗った裸の男や女たちが身をくねらせながら踊っていた。

夫と病院の反対を押し切って、私は息子を家に連れて帰った。

それから私は一日中、踊る息子に見とれるようになった。息子の踊りに、同じ動きはなかった。関節を無視した動きは、しなやかな猫のようにも見えた。祈るようにも、求めているようにも、与えているようにも見えた。そしてたとえ眠っていても、息子は目覚めている時と同じように健気《けなげ》にその踊りをやめようとはしないのだった。

時には、私も同じように横にならんで、手足を宙に浮かせたこともある。けれどすぐに疲れて、だらりと床に投げ出した。とてもあんな美しい動きを持続させることはできなかった。私は息子の素晴らしさが嬉しかった。

息子のために用意された部屋には、さまざまな祝福の残骸《ざんがい》があった。発色のいいセルロイドで作られたメリーゴーランドや、姑が編んだおくるみ。息子の身体の倍はあるテディベア。すべては息子のために、息子が生まれる前、私や夫や姑が用意したものだ。けれど、その中に息子に必要なものは何ひとつなかった。欲しかったのは、息子ではなく私や夫や姑だった。息子は自分の五感を慰めるものなど何もなくても、祭りの中で幸福に浸っていた。そして今では、その祭りに加わることが、私の幸福でもあった。

息子が家に帰ってから、義母はマンションに顔をださなくなった。

「あなたの心がけが悪いからこんなことになったんや」

と、電話で言われ、すみません、と答えた。けれど本当は何も悪いとは思っていなかった。

夫は不幸を、試練と呼ぶようなタイプで、毎日を規則正しく生きていた。そして試練には耐えなければならないと誓った夫は、いつも眉間《みけん》に深い皺《しわ》を寄せて息子を眺めなければならなくなった。眺めても、息子の顔に苦痛以外の何も見出せないらしく、夫はやがて斜めにしか顔を向けなくなった。

苦しんでいるのではなくて楽しんでいるのよ。

私が何度説明しても、夫には伝わらなかった。どうしてそのことが夫に伝わらないのか、私にはわからなかった。

結局、夫は試練に負けて（決して不幸に負けたのではない）自ら傷つき、家に帰らない日を作るようになった。

私は夫と語ることが少なくなった分、息子を見つめる時間が増えた。私と息子の祭りは続いた。息子は、信じられないほどのエネルギーと柔軟さで、踊り続けた。

ミチが死んだのは、金沢に今年初めて雪が降った日だ。

夜明け前にわずかに積もった雪は、朝になると出勤の人々の足で踏みしだかれて昼すぎには跡形もなくなっていた。

冷込みは厳しく、寒いとしか印象が残らない通夜と葬式だった。

「心中だったんですって」

囁く声が聞こえていた。

私はぼんやり、黒いリボンに縁取られたミチの笑顔を見つめていた。

咀嚼《そしやく》と嚥下《えんか》の困難さが、やがて息子に流動食だけでは十分な栄養を補給することをできなくさせた。誇り高い息子は、私に不満を伝えることは決してなかったが、その時だけ、恨めしそうに顎を突き出した。

お願い、少しでいいから。

祈るように、すったりんごやつぶしたじゃがいもを、喉の奥へと流し込む。ごくり、と音がすると驚喜した。それが聞きたくて私はさまざまな工夫と努力をした。時間や手間を惜しむ気持ちは少しもなかった。

しかし、ある日ひどい窒息に見舞われ、救急車を呼んだ。病院に駆けつけた夫は「無理だ」と言った。「もう、君の手には負えない」。私は入院させることを決心した。決して夫に言われたからではなく、息を詰まらせてみるみる紫色に膨らむ息子の顔を見てしまったからだ。

息子は二歳になっていた。

入院することになった病院は、とても清潔で、それが私には一番嬉しかった。シーツにシミはなかったし、看護婦は髪をいつもきっちりとゆわえていた。特に床の手入れが行き届いていて、いつも砂の紋様のように、ワックスがけの名残りが見えた。

場所が変わろうと、私と息子の祭りは続いた。私は息子のベッドの脇に屈んで参加した。

それは、一年後に息子が死ぬまで毎日続いた。

死んだ時、踊り続けていた息子の手足は、まるで唐突に凪《なぎ》が訪れた海のように、静かにベッドに沈んだ。シーツに両手と両足と背をつけて横たわる息子を見たのは、その時が初めてだった。


私は何もしない。

掃除も洗濯もしない。テレビを観たり本を読んだりもしない。一日中、アパートの狭い部屋で膝を抱えている。ブラインドから差し込む光に、埃《ほこり》が胞子のように浮遊して、それがはっきりとこの部屋が汚れていることを主張している。前に掃除したのはいつだったろうと、考えて、すぐにやめた。思い出してもどうせ掃除をする気にはならないのだ。

マンションを出て、このアパートに住むようになってから、私は人材派遣会社に登録し、生活するためだけのお金を労力で得た。休みたければ、そう言えばいい。事務の女性が「そんな勝手は困るんですよね」と眉をしかめながらパソコンでスケジュールを確認している間、私はただ彼女の七センチのヒールの先を見つめていた。次によい仕事が回って来ないことなど、私にとって大したリスクではなかった。

電話がコールし始めた。

「もしもし」

「ああ、僕だ」

夫の声だ。

「ええ」

「元気か」

「私は元気よ。あなたは」

「いつも通りだ。それで、例の件だけど、君はいつがいい」

「私はいつでもいいわ」

「そうか、じゃあ……」

会って、済ませてしまわなければならない手続きがあった。

夫が考えている間、私は壁ぎわのチェストに目を向けた。胸までの高さしかないそのチェストの上には、ジノリのシュガーポットがひとつ置いてある。あの日、家を出る時持ったのはこのシュガーポットだけだった。

結婚前に、少し高価すぎるジノリのティセットを揃えた。イタリアンフルーツの柄を、夫は子供っぽい趣味だと笑った。笑顔に、私への愛が見えた。その笑顔を私も愛した。

「じゃあ急だが、今日の夕方はどうだろう。こういうことは、早く済ませてしまった方がいいだろう」

「そうね」

夫は手短に、場所と時間を指定した。

電話を切ると、私は少し空腹を感じてキッチンに立った。おもちゃみたいな冷蔵庫を開けて、中を覗《のぞ》いた。あるものをみんなひっぱり出して、スープで煮た。何でもすぐスープストックで煮てしまうのは、息子が生きていた時の名残りだ。スープは息子を支える効率のいい食べ物だった。そして、それは今の私の食べ物になっている。

食事を終えても、夫と会うまでにまだ少し時間がある。何もしないことに退屈を感じることはないが、予定が決まった時は、それまでの空白がやけに重く感じられた。その先に待っている予定のために、今の時間まで取り込まれてしまうのだ。どうせなら掃除をしようかと思ったが、やっぱりやめた。掃除が嫌いだった。感染に弱い息子のために、私は一生分の掃除をもうやってしまっている。

夫との待ち合わせの場所に、私は定刻通りに到着した。

喫茶店は明るかった。小立野《こだつの》という高台にあるその店からは、夕暮れ時の犀川がよく眺められた。

奥のボックスシートから、夫が手を上げた。久し振りで見る夫の顔は、少し頰《ほお》がふっくらしていて、結婚前の夫に似ていた。

「元気そうだね」

夫は電話と同じことを言った。

「あなたも」

私も同じことを言った。

しばらく、お互いの顔を確かめ合うように眺めた。相手の顔を見ることが恥ずかしいと感じている間、私は夫に恋をしていたのだと思う。先に目を逸らしたのは夫の方だった。

「マンションは売ることにしたよ」

夫はぬるそうなコーヒーをすすりながら、抑揚のない声で言った。

「そう」

私は運ばれて来たばかりのミルクティを口に運んだ。熱くて舌がやけそうになった。

「迷ったが、そうすることにした。あの部屋には、いろんなものが詰まっていて、住むにはつらすぎる」

「そうね、あの人にとっても、きっとつらい場所になるわ。そうしてちょうだい。私に異存はないから」

あの人、と言った時だけ、夫の頬がいくらか固くなった。

夫の帰らない日が増えても、私は何も感じなかった。私は息子との祭りに夢中だった。おせっかいな親戚から、夫の女性のことについて聞かされた時「へえ」と思った。驚いたのは、むしろ、そんなふうにしか思わない自分に対してだった。

「僕を罵《ののし》っても構わないよ。君は何も言わなかった。何もだ。君がひとりで大変だとわかっていても、僕は黙って家をあけた。それでも何も言わなかった」

「まるで、言って欲しかったように聞こえるわ」

「欲しかったよ」

「だったら謝るわ、ごめんなさい、何も言わなくて」

夫はひどく傷ついた顔をした。私は自分の言葉が夫を傷つけることを知っていた。知ってそう言った。少し、自分を嫌いになった。

「僕は君のように強くなれなかった。息子を見るのがつらかった。どうして僕たちがこんな目にあわなきゃならないのか、やり切れない思いでいっぱいだったんだ。あの部屋へ帰ろうとすると、足が動かなくなるんだ。本当だよ。膝の関節が棒のように固まって、どうしても動かないんだ」

「わかってるわ。たぶん、あなたが一番つらかったのよ。私はつらくなかったもの。あんなに楽しい三年はなかった」

夫への、確かにあった愛のかけらが、身体の隅で動いた。私は目を伏せた。無機質なかけらは私に何の感情も呼び起こさない。そのつれなさが、かけらが持つ最後の優しさのような気がした。

ただ、マンションが売られてしまうことは、少し寂しかった。敷地内に大きな金木犀《きんもくせい》が植えてあり、秋にはそれが満開になった。むせるほどの香りがベランダから部屋にも流れて来た。その香りは息子も気にいっていて、時折、うっとりとした表情を浮かべた。

「今年はどうだった？」

「え？」

「金木犀」

「ああ、よく匂ってたよ」

ジョージ・ウィンストンのピアノ曲が流れて来た。好きな曲だった。長く聴いていなかった。この曲が流れていた一九八〇年頃、私は何をしていたのだろう。

「今後のことは心配しなくていい。精一杯のことはさせてもらうつもりでいる」

「私は何もいらないわ」

「それじゃ僕の気がすまない」

「あなたの気をすますために、そうするの？」

「いや……」

夫はコーヒーカップを手にし、それが空《から》と気づいて小さく舌打ちをした。

「意地悪ね、こんな言い方」

「君が、僕から何も受け取りたくない気持ちはわかる。しかし、君にも今後の生活というものがあるだろう」

「わかったわ、あなたに任せるわ」

「そうか」

夫の善意なのだ。善意で争うつもりはなかった。どちらでもいいなら、夫の気のすむようにしてもらえばいい。それで私が傷つくわけではないのだから。

「ひとつだけ、いいか」

「ええ」

「納骨の時、どうして来なかった」

夫は消極的ながらも、低くはっきりと咎《とが》めるような口調で言った。

「君があれほど愛した息子の納骨なのに。僕には信じられなかったよ」

私は返事に手間取った。どう答えていいものか咄嗟《とっさ》に浮かばなかった。正直に話せば、夫はどれほど驚くだろう。話してしまいたい衝動にかられた。話すことはとても魅力だった。でも、何のために。言わない方がいい。言うべきではないのだ。

「ごめんなさい。もう、忘れたかったの」

「それだけ、君が立ち直ったと思っていいんだね。それは喜ばしいことだ」

言葉に少し皮肉が混ざっていた。その少なさに、私は自分が夫を愛したことを嬉しく思った。夫はこんなにも優しい人なのだ。

「じゃあ、これを」

夫は内ポケットから、薄い用紙を取り出した。私はそれが目の前に広げられるより先に、バッグの中からペンと印鑑を取り出した。

すでに夫の欄には署名捺印が済んでいる。

その隣りに私は名前を書き判を押した。その時から、夫は、かつて夫だった男、になった。

彼は私が渡した離婚届けを大して見もしないまま、また内ポケットの中にしまいこんだ。

「じゃあ、これで」

「ええ」

「先に出ていいかな」

「もちろんよ。そんなことで傷ついたりしないわ」

「元気で」

「あなたも」

夫だった男の背が、ドアの向こうに消えて行く。私はティカップを手にした。飲もうとすると、表面に薄い膜がはっているのに気づき、少し吐きそうになった。

「なぜ、そんなに僕を見ているんだ？」

男は言った。

「ごめんなさい、なぜかしら」

私は目を伏せようとしたが、彼のほら穴のような目から目が逸らせない。

「僕には何もないよ。女を喜ばせることは何もね。会話も、金も、セックスも」

「私にはどれも必要ないものばかり」

「そう」

「聞いてもいい？」

「答えると限らなくてよければ」

「どんな罪をおかしたら、死ねない罰がくだるの？」

男はゆっくりと顔を向けた。私を見つめる目は、やはりほら穴でしかなかった。

何も予定のない毎日が続いていた。

相変わらず掃除をしない部屋の隅には、埃が毬藻《まりも》のように、まあるく漂っていた。

口座に、夫からの入金があり、私は当分働く必要がなくなった。私は一日の殆《ほとん》どをこの部屋で過ごした。たまに母から様子を尋ねる電話がかかって来る。

「うちに帰っといで」

最後に必ず母はそう言った。その時だけ、私は娘に戻ってしまいそうで胸が熱くなった。

何日たったか、忘れていた。日を重ねたり、夜と昼とを数えたり、雨かお天気か気にしたりすることが面倒でならない。欠けた月がまた太り出していた。寒さだけは確実に増して、暖房をかけていても、指先が痺《しび》れた。

退屈はしなかった。私は毎日、南の島の祭りに思いをはせた。それだけでわくわくした。床に寝転んで、手足を宙に浮かせる。息子のように美しくは踊れないけれど、そうしているだけで愉しかった。

そんな遊びを覚えてしまったら、私はますます外に出なくなった。いつか買物もしなくなった。食べることにも寝ることにも関心がなくなった。

息子の百箇日の法要のハガキが届いたのは、そんな毎日が続いた霙《みぞれ》まじりの午後だった。

私はハガキを手にしたまま、壁によりかかった。百箇日。一周忌。三回忌。彼岸の度に、お盆の度に、あの人はお墓の前で手を合わせるだろう。精一杯の思いを込めて。それが父親の務めとして。せめてもの罪滅ぼしとして。

たとえそれが、息子の骨などただのひとかけらも入っていないお墓だとしても。

私はチェストの上に置いてあるジノリのシュガーポットに手を伸ばした。ひんやりとした陶器の肌触りが伝わった。両手で包み込むようにそれを持ち、部屋の中央に座り込んだ。蓋《ふた》を開けた。白い骨。息子の骨がそこにある。

私はそのひとかけらを指でつまみ、手のひらにのせた。骨は小さく手の中で揺れた。踊っていると思った。骨になった今も、息子は踊りをやめようとはしないのだ。

私は百箇日に、それだけでなくこれから行なわれるであろう一周忌にも三回忌にも、かかわるつもりはなかった。私は息子に手を合わせる側の人間ではない。息子と一緒に、祭りに加わる側の人間なのだ。

あの人がしたければそうすればいい。からっぽのお墓に手を合わせればいい。あの人なら、心を込めてそうするだろう。優しい人なのだ。そう思うと、私は笑ったことを少し反省した。

男はいつものように座っていた。

言葉を交わした日から、私はちょくちょくこうして店に顔を出すようになった。しかし、もう話し掛けることはない。男がそこにいることさえ確認できればそれでいい。それはある意味で、真摯《しんし》な恋をしているかのようだった。

男も私を見ようとはしなかった。もう忘れてしまったのかもしれない。しかし男が間違いなくそこにいることを知ると、私はひどく安堵して、水割りを一杯だけ飲み、店を出た。ここに来ればいつでもあの男がいる。それが確認できれば、それでよかった。


何日か過ぎた。

街は雪に包まれ、しんしんと、ただしんしんと、日毎に深く埋め尽くされてゆく。埃にまみれたアパートの部屋で、私はやがて時間だけでなく、自分が自分であることの認識さえ薄くなっていた。時々自分が眠っているのか目覚めているのかもわからなくなった。

私は助けを求めるように手のひらを見た。

息子の骨が揺れる。

私を呼んでいるようにも、訴えているようにも見える。

その骨を見つめているうちに、ほとんど無意識に、私は骨を口の中に入れていた。じゅっと微かな音がした。まるで幼子が母の乳房に吸いつくように、乾燥した骨は私の唾液をむさぼった。生きている時は、一度も乳を吸うことがなかった息子だった。

たっぷり唾液を与えてから、奥歯で嚙んだ。骨は思いがけず固く、その力強さに嬉しくなった。力を込めてもう一度嚙んだ。ガリリと、砕ける音が内耳を伝わって直接私の身体に響いてくる。

私はもうひとかけら口に運んだ。

砕かれた骨が喉を下りてゆく。その度、私の身体の亀裂にぴたりとはまってゆくのがわかった。息子の骨で私の隙間だらけの身体が充たされ、冷たかった手足が温まってゆく。息子が私の身体に戻って来る。私と息子はひとつになる。温まりつつある身体を両手で抱き締めながら、私はそれを実感した。

これを全部、食べ終わったら、息子と一緒に南の島へ行こう。

思いつくと、それは素晴らしいアイデアのように思えた。

こんな雪に閉ざされた街など捨てて、暖かい南の島に行こう。息子はきっと私を上手に踊らせてくれるだろう。あのしなやかな手足の動きも、美しい表情も、息子とひとつになった今なら必ずできる。

幸運なことに、私はそこへ案内してくれる男を知っている。あのほら穴のような目をした男が、そこまで私と息子とを連れていってくれるはずだ。

私はひどく安らかな気持ちになった。そしてまたひとつ、白い骨を嚙み砕いた。

魔女

咲枝が金沢の実家にやって来たのは、四月も終わりに近付いた頃だった。実家の庭にある、春に結実する蔓茱萸《つるぐみ》の木に、血のような赤い実がぷるんと弾《はじ》けそうに熟していた。

咲枝は五十三歳。父より六歳下の妹である。腹違いのせいか、ふたりは全然似ていない。顔や体つきもそうだが、いつも無愛想で口下手な父と較べ、咲枝は人懐《ひとなつ》っこくころころとよく笑う。

祖父が医者で、父も同じ道を選び、今は小児科と内科の開業医をしている。場所は祖父の代から同じで、金沢の中心部からやや西側に位置する長土塀《ながどへい》という町にある。医院の方は建て直したが、母屋は、何度か改築を繰り返しながらも、かつての佇まいを残している。

逸子《いつこ》は二十六歳の時に、同僚だった夫と結婚し、今は近郊のマンションで五歳の息子と三人で暮らしていた。週に三回、パートだが仕事にも出て、毎日が平穏だった。去年、弟の孝之が結婚して、実家で同居を始めている。孝之は地元の大学で英文学の講師をしているのだが、そこの卒業生、つまり教え子と結婚したのだった。東北の旧家出身の、まだ二十三歳のお嫁さんは、少しもすれたところがなく、父も母も、逸子が妬《や》けるくらい可愛がっていた。

咲枝は二十二歳の時、東京に嫁いだという。結婚してじきに姑が亡くなり、それから十年たたないうちに夫とも死別した。子供はいない。ひとりになっても、咲枝は金沢に戻らなかった。東京の生活に慣れた身としては、朝起きたことが昼過ぎには町内に知れ渡ってしまうような狭い町に、今さら戻りたくはなかったのだろう。何より、咲枝には夫の遺した十分な遺産があり、生活に困ることはなかった。東京でのひとり暮らしを存分に楽しんでいるようだった。

会うのは孝之の結婚式以来だ。その前は逸子の結婚式だった。それまでほとんど会ったことはない。もちろん東京に叔母がいることは知っていたが、親戚としては疎遠な状態が続いていた。

咲枝は小柄で色白で、少しも尖《とが》ったところのないぽってりと丸みを帯びた体型をしていた。笑うと、五十過ぎとは思えないような愛らしい声を上げた。お喋《しゃべ》りも冗談も好きだが、過ぎるようなこともない。そんな咲枝が来てくれれば、家の中もずいぶん明るくなるだろうと思った。

と言うのも、今回の咲枝の里帰りの理由は、母の看病だからである。

母がクモ膜下出血で倒れたのが三か月前。手術は成功したものの、退院までの回復には至らなかった。半身麻痺と言語機能障害が残り、再発の可能性もないとはいえないという。

それまで風邪さえひくことのなかった母の突然の病は、家族をすっかり狼狽《うろた》えさせた。父のツテで何とか専門の病院に転院することができたものの、介護はやはり必要となる。一日交替で、逸子は孝之の妻の久美子と病院に出掛けていた。しかし自分にもパートとはいえ仕事がある。息子の幼稚園の送り迎えや生活がある。時間を作るのもままならない。そんな時、久美子の妊娠がわかった。おめでたいことには違いないのだが、悪阻《つわり》がひどく、外にも思うように出られなくなった。それでも家事をこなし、父と孝之の世話をして、母の元に出掛けなければならない。久美子はみるみるやつれていった。結局、介護の人を頼もうという話が出たのだが、その時、父が咲枝の名を出した。

「知らない誰かに頼むより、時子も安心だろう。承知してもらえるかわからないが、一応、連絡だけはとってみる」

父の提案に反対する者など誰もいなかった。父の言う通りだと思った。

そして、その申し出に、咲枝はふたつ返事で承知した。

「どうしてすぐに知らせてくれなかったの。こんなことでお役に立てるならおやすいご用よ」

正直言って、ホッとした。久美子も同じだったろう。母の看病に、逸子も久美子も疲れ果てていた。咲枝が来てくれるなら、こんな有り難いことはなかった。

咲枝は実家に戻ってから、毎日、病院へ出掛け、献身的に母の面倒をみてくれた。医師や看護婦への心遣いも気が利いていて、評判もよかった。逸子はようやく息をつける毎日を取り戻し、久美子も、悪阻は相変わらず重いようだったが、病院通いがなくなった分、少しは余裕もでて来たようだ。

週末に、夫と息子と三人で見舞いに出掛けた。朝から空がからりと晴れ上がり、本多の森が濃く繁って、気持ちのいい日だった。病室のドアが開け放してあり、逸子は顔を覗かせた。

「こんにちは」

声を掛けると、咲枝が振り向き、明るい笑みを返してきた。

「まあまあ、お揃いで。ほらお義姉《ねえ》さん、逸子ちゃんよ。ご主人と彰くんも一緒よ」

逸子たちはベッドに近付いた。母は薄く目を開け、必死にこちらを見ようとするのだが、うまく焦点が合わないようだ。

「お母さん、具合はどう？　ごめんなさいね、ここんとこ顔をみせられなくて」

すると咲枝が逸子にだけ聞こえるように、耳元に口を近付けた。

「実はさっきまであまり具合がよくなくて、ちょっと辛《つら》そうだったの。ほんと、よかったわ、来てくれて」

確かに、母の表情は弱々しかった。母がわずかに口を動かした。なに？　と逸子が耳を寄せる。しかし、声は言葉にならず、何度聞き返しても同じだった。以前はもう少し話すことができたのだが、やはり快方に向かっているとはいえないのだろう。

「お義母《かあ》さん。思ったより、ずっと元気そうじゃないですか」

夫が母を覗き込み、愛想よく声をかけた。

「早くよくなってくださいよ。来年は彰も小学校です」

「ボク、ランドセルが欲しいんだ」

夫のそばに立ち、少し緊張気味に彰が言う。彰も子供なりに気を遣って、寝たきりの祖母に精一杯の思いやりを示そうとしているのだった。そのことが通じたのか、母は無言のまま、目尻から涙をこぼした。

帰りぎわ、逸子は待合ロビーまで見送りに出た咲枝と少し話をした。

「すみません、咲枝叔母さんに全部任せきりになってしまって」

「いいのよ、そんなことは気にしないで。東京にいたって、どうせ何もすることはなかったんだから」

「母、あんまりよくないみたいですね」

「そうね、正直言って、あまり芳しいとはいえないわね。最近、気力も衰えてしまって。身体もいうことをきかないし、喋るのもままならないから、そうなるのも仕方ないのかもしれないけれど」

「私ももっと来るようにしますから」

「無理しなくてもいいのよ。逸子ちゃんだって生活があるんだもの。私にできることは精一杯させてもらうつもりだから、あまり気にしないで、任せておいて」

逸子は立ち止まって深く頭を下げた。もし咲枝が来てくれなかったらどうなっていただろう。そう思うと、ありきたりの言葉ではとても言い尽くせないほど感謝の思いが溢れた。

玄関先で咲枝に見送られ、病院を辞した。駐車場まで歩きながら、逸子はいつか泣いていた。母の元気な頃の様子が思い出された。ささいなことで母娘《おやこ》喧嘩をし、それでもすぐに忘れて、一緒に買物に出たり、母の料理をもらいに実家に寄ったりした。そうして過ごした日々はほんの数か月前のことなのに、もう遠い昔のような気がした。

母が死んだのは、それからひと月ほどしてからだ。怖れていた二回目の出血が起こったのだった。

夜遅く、父から電話があり、病院に駆け付けた時は、すでに白い布が掛けられていた。咲枝が泣いていた。久美子は孝之にしがみつき肩を震わせていた。父はやや前かがみの姿勢で、母の枕元に黙って座っていた。

通夜、葬式、初七日と無事に済み、家の中も、逸子の空虚な思いも少しは落ち着いた。

咲枝はそのまましばらくの間、留まることになった。金沢に戻ってみると、それはそれで里心がついたこともあるのだろうが、実はすでに五か月に入っているというのに、久美子の悪阻はいっこうに治まらず、寝込む日々が続くようになっていた。今は、家事いっさいを咲枝が引き受けているという。

その日も午後に実家に顔を出すと、咲枝が屈んで台所の床を磨いていた。

「咲枝叔母さん、そんなこと、私がやりますから」

逸子が慌てて雑巾を取ろうとすると、やんわり押し止められた。

「いいのよ、気にしないで」

「久美子さん、また寝てるんですか？」

「そうなの。やっぱり辛いらしくて」

逸子はため息をついた。

「本当に、咲枝叔母さんには何から何まで面倒かけてしまって」

「いいのよ、これくらい。それにしても悪阻って大変ね。私は子供がいないからわからないけど、人によってはあんなに重いのね」

「私も大したことなかったから、よくわからないんです。でも、気の持ちようってあるんじゃないかしら。久美子さん、咲枝叔母さんが何でもやってくれるから、ちょっと甘えてるんだわ」

つい愚痴めいたことを口にすると、すぐに咲枝にたしなめられた。

「そんなこと言っちゃいけないわ。久美子さんは久美子さんなりに頑張ってるんだから」

逸子は首をすくめた。

四十九日の法要には、母の友人たちも顔を見せてくれ、賑《にぎ》やかなものになった。悲しみは消えたわけではないが、時間というのはやはりいちばん効果がある。母が逝ってから、すっかり気落ちしていた父も、いくらか表情に余裕が見えるようになっていた。

母の女学校からの友達で、今は富山で陶芸店を開いている矢澤夫人も顔を出してくれた。お通夜にもお葬式にも来てくれたのだが、ゆっくり話をするチャンスがなく、今日は少し母の思い出話でも聞かせてもらおうと、寺での法要が終わった後、見送りがてら犀川に続くW坂を一緒に下りて行った。

「まさか、時子さんがこんなに早く逝っちゃうとはね。私なんか、もう二十年来心臓が悪くて、いつお迎えが来ても仕方ないって覚悟しているのに、その私が残されて」

臙脂《えんじ》の縮緬《ちりめん》の裾《すそ》から、白い足袋が凜《りん》と覗いていた。

「親孝行らしいこと、何もできないうちにこんなことになってしまって、私もすごく心残りなんです」

後悔が逸子の胸を鈍色《にびいろ》に覆《おお》ってゆく。語らねばならぬことがたくさんあった。きっと母も同じだったろう。

「ねえ、咲枝さんがずっと付き添っていたんですって」

それは唐突な感じがする質問だった。

「ええ、そうなんです。私も毎日というわけにいかなくて、義妹《いもうと》の悪阻もひどくなる一方で、どうしても手が足りなくなってしまって、それで叔母に」

「時子さんがそうしてくれと？」

「いえ、母はもうほとんど口もきけないような状態でしたから。知らない人に来てもらうより安心だと、父が頼んだんです」

「そう」

「何か？」

その時、足元から思いがけずひんやりとした風が吹き上げて来て、一瞬、階段を下りる爪先が戸惑った。

「時子さん、咲枝さんとはずっとお付き合いしてなかったでしょう。だからちょっと驚いたの」

「ええ、まあ、私も叔母と会うことはほとんどなかったですけど……あの、何か」

「え？」

「もしかして、うまくいってなかったんですか、叔母と母」

あてずっぽうに尋ねただけだ。すると、それに対してくぐもった声が返って来た。

「まあ、そんな感じに私は見ていたけれど」

意外だった。

「そうだったんですか、知らなかったわ。母は叔母のことを何て？」

「別に、具体的にどうこうっていうのはないの。ただ、何を考えてるのかわからない人だとか、できるだけかかわりたくないとか、怖いとか」

「怖い？」

逸子は顔を向けた。矢澤夫人は慌てて首を振った。

「まあ、そんな感じだったってことよ。相性が合わないって誰にもあるでしょう。時子さんにとっては、咲枝さんがそういう相手だっただけのこと」

「だとしたら、母は本当は付き添ってもらいたくなかったのかしら」

「もう昔のことよ。お互い年もとったし、もうそんなこだわりはなくなっていたかもしれないわ」

ちだ。咲枝の付き添いを、母は本当のところどう思っていたのか、今は知るすべもない。

なっていると思っていた。咲枝に来てもらうのを決めたのは父であり、賛成したのは自分た

病院に行くと、咲枝はよく母の枕元に座って話し掛けていた。それが母にとって安らぎに

W坂を下りたところで、タクシーに乗る矢澤夫人を見送り、逸子は再び坂を登り始めた。

「何だか私、余計なこと言ってしまったわね。あまり気にしないでちょうだい」

「だといいですけど」

秋に入り、久美子はそろそろ八か月になろうとしていた。おなかの出具合も人目にもはっきりとわかる。八か月と言えば、悪阻も十分に治まる時期であるはずなのに、相変わらず吐き気や目眩《めまい》や微熱といった症状が続いていた。

久しぶりに実家に顔を出して驚いた。久美子はすっかりやつれ、生気を失った顔で寝室のベッドに横たわり、ぼんやり天井を見つめていた。

「久美子さん、どう？」

久美子は目だけを逸子の方に動かした。

「大変だろうけど、頑張ってね。もう少しの辛抱だから。ネーブルを持って来たの。今、剝《む》いてあげるわね」

「いいえ、結構です」

低く抑揚のない声があった。

「別のものにすればよかったかしら。何か食べたいものある？」

「何も」

とりつくしまもなかった。久美子にははっきりとした拒否の意志がみえた。逸子は面食らっていた。久美子からそんな言い方をされたことは今まで一度もなかった。

「そう、じゃあ、お大事にね。何か必要なものがあったら、いつでも言ってちょうだい」

寝室を出ようとすると、呼び止められた。

「お義姉さん」

「なに？」

逸子が振り向く。

「私、横着してるわけじゃないですから」

硬い声だった。逸子は思わず久美子の顔を見直した。

「誰もそんなこと思ってやしないわ。悪阻だもの、仕方ないわよ」

「本当にそう思ってくれてるんですか」

「当たり前じゃないの。どうしたのよ、久美子さん」

逸子はベッドに近付いた。久美子の唇の端が細かく痙攣《けいれん》している。興奮が溢れるように満ちてゆくのが見てとれた。

「こんなに悪阻が長引くなんて、普通じゃありません。それくらい、私にもわかります。もしかして、おなかの子は、まともじゃないんじゃないかしら。何か因縁があるとか、祟《たた》りがあるとか、とんでもない子が宿ってるんじゃないかしら」

久美子は激しく目を動かし、呼吸を乱した。逸子の背にひやりとしたものが流れた。

「何を言ってるの、そんなことあるわけないじゃない」

「どうしてわかるんです。もし本当に恐ろしい子が生まれて来たら、お義姉さん、どう責任をとってくれるんです」

食ってかかるように久美子が言う。逸子は手を伸ばし、布団の襟を整えた。

「そんなこと絶対にないから大丈夫。眠るといいわ。こういう時は、何も考えずに眠るのがいちばんよ」

久美子がそれで落ち着いたかどうか、逸子にはよくわからない。それを確かめるより、早くこの場から離れたくて、逸子はすぐに寝室を出た。

男たちに理解できないことは最初からわかっていた。けれども、何も言わないわけにもいかない。

父が医院からあがり、孝之が仕事から戻って来たのは、八時を過ぎていた。咲枝の用意した食卓の席に着いたふたりに、逸子はすぐに久美子の様子を話してきかせた。しかし案の定、呑気《のんき》な答えが返って来るばかりだった。

「マタニティ・ブルーってやつだろう」

孝之が口と手を食事に動かし、目はテレビのニュースに向けながら、答えた。

「本当にそれで済まされるのかしら。お父さんはどう思う？」

「さあ、専門外だからな。私にはよくわからない」

これも新聞を読みながらだ。

結局、咲枝しかまともにとりあってはくれなかった。今はもう、すっかり馴染んだ壁ぎわのソファのいちばん右で、濃い煎茶を飲みながら、咲枝がひとつため息をついた。

「私も少しでも食べてもらえたらと、いろいろお料理を工夫しているんだけど、なかなか口に合わないらしくて。ずいぶん痩せてしまったし、あのままじゃ本当に身体が参っちゃうわ」

「医者を変えた方がいいんじゃないかしら」

「そうね、ちょっと考えた方がいいかもしれないわね」

すると孝之がテレビを消して振り返った。

「久美子は甘えてるんだよ。オフクロのことといい、今じゃ家事いっさいを咲枝叔母さんに押しつけて、いつも不機嫌そうに寝てばかりだ。悪阻なんて病気じゃないんだから、逆に、少しは身体を動かした方がいいんだよ」

咲枝がそれをたしなめる。

「孝之さん、そんなこと言っちゃいけないわ。女が子供を産むって大変なことなの、あなたがわかってあげなくてどうするの」

「咲枝叔母さんは優しすぎるよ。少し、突き放した方がいいんだ。今日だって、僕が帰って来ても、迎えにも出て来ない。これじゃ僕もやりきれないよ」

その時、突然、居間のドアが開いた。青ざめた表情の久美子が立っていた。痩せた身体に、腹だけが異様に突き出たその姿は、一瞬、人間とは違う生き物のように見えた。

「私のいないところで、何を言ってるの！」

久美子が叫んだ。彼女のそんな大声を聞くのは初めてだった。

「いったい私は誰の子を産むと思ってるの！　何のためにこんなにつらいのを我慢してると思ってるのよ！」

咲枝がソファから立って久美子に近付き、子供を諭《さと》すような優しさで背中を撫《な》でた。

「わかってるわ、ちゃんとわかってるのよ。みんな悪気じゃないの、ちょっと口が滑っただけ。あなたのことは本当に心配してるのよ」

久美子が咲枝の腕を振り払い、居間を出てゆく。孝之が立ち上がると、咲枝はそれを制した。

「私が行くわ、任せておきなさい」

それから長い間、咲枝は戻って来なかった。気になって、逸子は寝室まで行き、その前に立ってドアに耳を当ててた。咲枝のぼそぼそとした声が聞こえている。時々、久美子の鼻をすすり上げる音が混じっている。どうすることもできない。今はただ出産までの三か月が、無事に過ぎることを祈るしかなかった。

久美子が首を吊《つ》ったのは、長雨が続く日曜日だった。

熟《う》れた果実のような匂いを孕《はら》んで、朝から憂鬱な雨が降り続いていた。

咲枝から取り乱した電話を受け取っても、逸子はうまく理解できなかった。

久美子が死んだ？

総毛立ったのは、実家の診療室のベッドの上の白い布を見た時だった。おなかの辺りだけが大きく盛り上がっていた。その下に何があるかを想像するだけで、足が竦《すく》み、身体が震えた。

すぐそばで咲枝が泣き崩れていた。父は顔をこわばらせ、孝之は呆然としていた。

「なぜ、こんなことに……」

誰からの答えもなかった。答えがあれば、もしかしたら久美子は死ぬようなことはなかったのかもしれない。

最初に正気を取り戻したのは父だった。父は死亡診断書を自分で書き、翌日には火葬を行なった。父の急ぐ理由はただひとつ、久美子の苦悶に満ちた死に顔を誰にも晒《さら》したくなかったからだ。逸子にさえも、見ることを禁じた。それほどまでに、久美子の表情は険しいものだったらしい。結局、久美子と胎児は、通夜の席ではもう遺骨となっていた。

逸子は激しい後悔と自責の念にかられていた。なぜあの時、もう少し久美子を理解してやれなかったのか。もっと早く手を打つことはできなかったのか。しかし、すべては遅すぎる。

久美子には心不全という曖昧な病名がつけられたが、それを信じている者など誰もいなかったろう。周りの雑音は、非難と興味に溢れていた。なぜ久美子が死を選んだのか。その答えは誰にもわからない。重い悪阻と妊婦特有の情緒不安定。それ以外に、何を理由にあげられるだろう。

しかし、久美子の両親は納得しなかった。突然の訃報を聞いて、田舎から駆け付けてみると、もう遺体は焼かれ、小さな骨壺に納められていた。いったい何が起こったのか。いくら医師とはいえ、そんな勝手が許されるのか。両親は怒りと悲しみに、常軌を逸したかのように、通夜の席で、父と孝之を激しくなじった。

「おまえたちは娘を殺したんだ。人殺し！」

誰よりも、それは父や孝之や、そして逸子たちが承知していることだった。そうだ、自分たちは久美子を殺したのだ。それと同罪なのだ。久美子の両親の声は、いつまでも耳の奥で繰り返された。

喪があけないうちに、孝之は家を出て行った。大学を辞め、行き先も告げず、姿を消した。妻と生まれてくるはずの子を一度に失い、それが自分の罪でもあり罰でもあるという悔悟の思いにいたたまれなかったのだろう。ふたりの肉体が混ざり合った遺骨を手元に残すことさえ許されなかった。

どうしようもない悔いに追い詰められながら、逸子は日々を過ごしていた。自分が原因ではない、との声を頼りにしても、それが救いにはならなかった。仕事に出る気力もなく、息子や夫と一緒に過ごす時間も、久美子に対してまるで罪を重ねているような気になり、気分が塞いだ。

　咲枝からは時々連絡が入った。

「お父さんにたまには顔を見せてあげて。あれから医院の方も閉めたままで、ぼんやり過ごしてるだけなの」

「すみません、咲枝叔母さんには何から何まで頼りっぱなしで」

「いいのよ、そんなことは気にしないで。ただね、孝之さんもいなくなって、私とふたりきりじゃ、お父さんも寂しいと思うの。逸子ちゃんも辛いだろうけど、お父さんのことも少しは考えてあげてね」

「はい」

　落ち着いているのは咲枝だけだ。久美子の世話をし、常にそばにいたのは結局、咲枝だった。久美子の寝込んでいるベッドのそばで、よく慰めていたことは孝之や父も知っている。咲枝にしてみれば、自分はやるべきことをやったという思いがあるのだろう。

　久しぶりに実家に向かった。玄関先に止めた車から下りる時、つい近所の目を避けるように身体を屈める自分が辛かった。ドアフォンを押したが返事はない。持っている鍵で家に入った。

　廊下から見える蔓茱萸の、この時期まで残っていた実もついに腐り落ちて、土の上に赤黒いしみを作っていた。それを見た瞬間、足が竦んだ。あの時、寝室のカーペットに残っていた、久美子が最後に落とした鼻血のしみが鮮明に思い出されたのだ。雑巾でそれを拭《ふ》き取る時、全身の毛が逆立った。もう久美子はいない。孝之もいない。そして母も。喪失感がこの家をすっぽりと包み込んでいる。

母屋には父も咲枝も姿が見えず、渡り廊下を通って医院に向かった。待合室を過ぎ、診察室の前に立つと、中から咲枝の声が聞こえて来た。

「お兄さん、仕方ないじゃないの。どんなに悔やんでも、死んでしまった人はもう帰らないんだもの。ええ、ご両親の怒りはもっともだと思うわ。娘が死んだって聞かされて、慌てて駆け付けたら、死に顔も何も、すでに骨になってしまってるんですからね。そりゃあ納得はできないでしょう。実はね、近所の人もいろいろ言ってるみたいなの。あんなに急いで火葬にするのはおかしいって。隠したいのは自殺したってことだけじゃなくて、何か他にもあったんじゃないかなんて。そうね、確かにあれは早計だったかもしれないわね。ううん、責めてるわけじゃないのよ。お兄さんだっていろいろ考えた末のことでしょうから。でもね、当の久美子さんが、どんな思いでいるかと思うとね」

逸子は思わずドアを開けた。

「お父さん」

咲枝が振り向く。

「あら、逸子ちゃん、来てくれたの。よかったわ、お父さんを元気づけてあげてちょうだい。やっぱり私じゃダメみたいなの」

咲枝は口元をほころばせて、逸子を歓迎した。いつものような温順な笑顔だ。しかし逸子はふと、その表情の継目から、何か黒く歪んだものが覗いているように感じた。

咲枝が出てゆくと、逸子は父に近付いた。

「お父さん、咲枝叔母さんの言ったこと気にしないで。私も孝之も、お父さんがどうしてそうしたか、ちゃんとわかってるから。だから元気を出して」

父は何も答えなかった。机に向かい、腕を組み、堅く目を閉じている。頰が窪《くぼ》んで、目の下には疲れが袋になってぶら下がっていた。一瞬、亡くなる直前の母や久美子の顔と重なり、逸子は言葉に詰まった。


父が睡眠薬を飲んで病院に運ばれたのは、それから半月後のことだ。

不眠で薬を使っていたことは、後で咲枝から聞いた。医師の父が量を間違えるとは考えられないと誰かが言い、他の誰かは、間違えるほど精神的に疲れていたのだろう、と言った。

自殺未遂かそれとも事故か、そんなことはどうでもよかった。たてつづけに襲う一連の事実は、悲しみや嘆きというものを凍らせ、逸子はただ呆然とことの成り行きを眺めているしかなかった。

父は命をとりとめた。しかし、たぶん二度と目覚めることはないだろう、と処置をした医者から宣告された。

一年ぐらい前までは平凡な家族だった。夕方になると明かりがともるすべての窓と同じ窓を持つ家だった。それがどうしてこんなことになってしまったのか。いったい、何が狂ってしまったのか。

「逸子ちゃん、大丈夫だから。お父さんのことはみんな私に任せておきなさい。だから元気を出して」

父の眠る病室で逸子はぼんやりと咲枝を見上げた。白いふっくらとした頬がいくらか上気して、咲枝は五十歳過ぎとは思えないほど華やいでいた。

「それじゃ、私はお見舞いの方々のお相手をしなくちゃいけないから」

そう言って、見せる後ろ姿が嬉々《きき》として見えるのはなぜだろう。

咲枝には本当に世話になった。母の看病に来てもらって以来、すべての面倒をみてもらった。しかし、すべての不幸が始まったのもその頃からのような気がする。いや、何を考えているのだ。少なくとも、母の病気は咲枝が来る前のことだ。そう考えるのは、単に不幸に打ち拉《ひし》がれた自分のさもしい解釈なのだろうか。

矢澤夫人に連絡を取ったのは、咲枝を知る唯一の存在となったからだ。富山の駅前の喫茶店で待っていると、こちらが気の毒になるくらい硬い表情で現われた。

「逸子ちゃん、本当に、何て言ったらいいのか……」

逸子は深く頭を下げた。

「いろいろと、ご心配をおかけしました」

「いったい、どうしてこんなことに。悪いことは重なるっていうけれど。もう、聞いた時はただびっくりするばかりで」

「おばさま」

「ええ」

「叔母のことを聞きたいんです」

「え？」

「なぜ、母が叔母を避けていたか、いいえ、怖れていたか。そのことが知りたくてこうしてお訪ねしました」

矢澤夫人はテーブルにおかれた紅茶に手を伸ばした。

「そう」

「何か知っていらっしゃるなら、教えてください」

短い沈黙があった。矢澤夫人の中にいくらかの葛藤《かっとう》が見てとれた。やがて、短く息が吐き出された。

「確証があるわけじゃないの。すべて偶然だと言われれば、そうでしかないの」

「どういうことですか？」

「時子さん、こう言ってたわ。咲枝さんの周りには、いつも不幸が起きるって。咲枝さんは不幸を呼び込む人だって」

逸子の身体が少し前かがみになる。そこにこそ自分の知りたいことがある、ように思えた。

「時子さん、嫁いでしばらく咲枝さんと一緒に暮らした時期があったのね。年も近いし、とても仲良くなったらしいの。それでいろいろと知るようになったの、咲枝さんの周りで何人もの人が亡くなったり、事故にあったりしていることに。小さい時によく遊んでいた友達が川で溺《おぼ》れたとか、家に来ていたお手伝いさんが事故にあったとか、高校の先生が通り魔に刺されたとか。もちろん偶然なんだろうけど。時子さんね、最初の子を流産してるの。階段から落ちたのよ。その時、背中を誰かに押されたような気がしたって言ってたわ」

「まさか、それ咲枝叔母さんが」

「いいえ、違うわ。咲枝さんは外出してたし、後ろに誰もいなかったことはわかってるの。でも、誰かがいたような気がしたそうよ」

逸子はぎゅっと手を握り締めた。

「そうなの、全部、気がするだけなの。それだけなんだけど、咲枝さんが結婚して東京で暮らすことになった時、本当にホッとしたらしいわ。確か、その東京でも、あまりうまくいってなかったお姑さんがすぐに亡くなったでしょう。十年たらずで次にはご主人が」

「はい」

「咲枝さんは見た目も人が好きそうで、物腰が柔らかで、いつまでも少女みたいな笑い声を上げる無邪気な人だわ。別にあの人が悪いわけじゃないと思うの。でも、そういう人っているのかもしれない。本人の意志とは関係なく、不幸を呼び込む、そういう運命を背負った人が」

大通りをけたたましくサイレンを鳴らして救急車が走り抜けてゆく。その音が小さくなるまで、矢澤夫人は言葉を途切らせた。

「時子さんは怖かったのよ。だから、できるだけ疎遠にして来たの。自分の家族を咲枝さんに近付けてはいけないと」

富山駅前の駐車場に入れておいた車に乗り、高速で金沢に向かった。倶利伽羅《くりから》峠が近付くと、霧が濃く流れ始めた。それはまるで液体のように、糸を引きながらフロントガラスを埋めてゆく。その向こうに、何かとてつもなく恐ろしいものが隠れているような気がして逸子はアクセルを踏んだ。

善良そうな小さな目と、明るい笑い声。ふくよかで、優しくて、悪意など微塵《みじん》も感じられない笑顔。咲枝の顔が霧の中にぼんやりと浮かぶ。ふっくらとした身体、おっとりとした動作。思い出されるのは、そんな咲枝ばかりだ。それでも、と思う。それでも何か、違う何かが。

その時、突然、目の前に巨大な壁が迫った。それがトラックだとすぐには気付かなかった。無言の叫び声を上げ、逸子はブレーキを踏んだ。車がスピンする。遠心力に激しく身体が引っ張られる。逸子は夢中でハンドルにしがみついた。衝撃があった。

後続車がないのが幸運だった。気がつくと、車の前面がガードレールにのめりこんでいた。しばらくぼんやりとした。誰かが車をノックした。親切なドライバーが心配して覗きに来たのだった。「大丈夫です」と逸子は答えた。大した事故ではなかった。左のヘッドライトとバンパーが壊れていたが、動くことは動く。それだけで済んだのが奇跡のようだった。

やっとの思いで家に着き、玄関ドアを開けた。ただいま、という元気もなかった。ふと、見ると、踏み込みに逸子のではないパンプスが並んでいる。

緊張が広がった。それは嫌悪にも憎悪にも似ていた。居間に続くガラス戸を開けると、夫と息子と、そして咲枝の姿があった。夫は上機嫌な笑みを浮かべ、息子は咲枝の膝に乗っていた。咲枝はとびきりの笑顔を向けた。

「お帰りなさい。待ってたのよ」

そんなことはさせない。

逸子はドアのところに立ったまま、咲枝を見つめた。

不幸になんてさせやしない。私の家族は必ず私が守ってみせる。

逸子は固く拳《こぶし》を握りしめ、咲枝にゆっくりと近付いた。

川面を滑る風

金沢には街の西と東に二本の川が流れている。

男川と呼ばれる犀川《さいがわ》と、女川と呼ばれる浅野川。乃里子の実家は、浅野川にかかる常盤橋にほどちかい場所にある。

かつては梅雨や台風の雨で増水し、ここら一帯を水浸しにしたこともある浅野川だが、護岸工事が行き届いた現在は、そんなことはほとんどない。石ころだらけだった川原は、両岸をコンクリートで固められ、平たい遊歩道が続いている。

洪水がないのは有り難いが、その変貌に乃里子はどこか違和感を覚えていた。それは幼い頃から見慣れた風景への憧憬《どうけい》ばかりでなく、かつて嗅《か》いだ、流れの隙間《すきま》からたちのぼるような野性の匂いが感じられなくなったからだ。鱗《うろこ》を輝かせて跳《は》ねる魚や、川底にへばりついて揺れる藻。それをなぶりながら流れる川は、水そのものに生命を感じる力強さがあった。女川と呼ばれても、どこか放埓《ほうらつ》に生きる女を連想させた。それが流れをコントロールされるに従って、まるでブラウスの衿ボタンをきっちり首までとめるような野暮な女になってしまったように思う。

乃里子と四歳になる息子の基樹を乗せたタクシーは、天神橋の手前を右折し、狭い道を通り抜けてゆく。

天神橋は常盤橋のひとつ下流にかかる橋で、そこら辺りは十年ほどの間に、いくつもの高層マンションが建ち並ぶようになっていた。逆に、ひとつ上流の鈴見橋の先は瀟洒《しょうしゃ》な新興住宅街が広がっている。

そのふたつの区域にとり残されたように、常盤橋周辺は昔ながらの町並みを残している。建て替えた家もあるのだが、黒々とした瓦が軒先をすり寄せるようにして犇《ひし》めき合っている、という印象は、あの頃と少しも変わらない。

帰省するのは五年ぶりだった。結婚と同時に、乃里子は夫の昌幸について渡米した。自由で快活で光に満ち、そして内臓に救いようのない病巣を抱えたアメリカでの生活は、若い夫婦を浮き足だたせた。

妊娠に気づいたのは渡米してすぐだった。心細さもあったが、結局、そこで出産した。その後、両親に孫の顔を見せるためにも、何度か帰省を考えたが、夫の仕事の都合がつかなかったり、出発直前に基樹の体調が悪くなったりで、結局、叶わなかった。

先月、四歳の誕生日を迎えたばかりの基樹は、甘やかな体重を乃里子に預けて眠っている。アメリカ育ちではあるが、今のところ、大陸の大らかさと島国の細やかさをバランスよく身につけて育っていて、母親としては満足している。

十八歳で東京の私大に進学した乃里子は、親の希望を振り切ってそのまま残り、商社に就職した。金沢という街への愛着はあったが、同時にそれと同じ重さの煩《わずら》わしさもあり、帰れば二度と出られないような気がした。同僚だった昌幸と、二十七歳で結婚をするまで結局ずっと東京に住んだ。結婚と同時にアメリカに赴任することが決まった時、乃里子は勤めを辞め、アパートを引き払って、式までの三か月間、金沢に帰って両親の元で過ごした。最後の親孝行のようなものだった。

乃里子はゆっくり息を吐いた。もう五年もたってしまったのか。その時間は、故郷の風景と重なって、ふと、息苦しいような気分にさせた。

「よう来た、よう来た。待っとったんや。はよ、あがんまっし」

母の諸手を上げた出迎えに、初めて顔を合わせた基樹は、眠さもあってむずかりながら乃里子にしがみついた。

家の中は何ひとつ変わっていない。奥の八畳の床の間には、鶴と亀の掛け軸がかけられている。何か特別な行事がある時、父は必ずこれを納戸から持ち出して来る。年だけ変わった近所の銀行のカレンダーと、八角形をした古い壁掛け時計。続き間の六畳の茶だんすの中にある、九谷の急須や湯呑みの位置まで同じだった。

「お父さんは？」

「仕事場におるわ。茶会がふたつ重なってね、今朝は四時起きや」

「そう」

ママ、と基樹が袖を引く。まだ眠りが足りないらしい。乃里子は母から毛布を出してもらい、横たわらせた。

「ちょっと顔を見てくるわ」

基樹が規則正しく寝息をたてるのを確認すると、乃里子は勝手口のサンダルをひっかけて外に出た。そこには庭の一部をつぶして建てた父の仕事場がある。

甘い香りが、深まりつつある秋の匂いと混ざり合って鼻孔をついた。幼い時から、乃里子はこの香りに抱かれるように育った。父には煙草でもなくお酒でもなく、この香りがしみついていた。

サッシ窓越しに中を覗くと、父は生菓子に使う練りきりを作っている最中だった。乃里子はしばらく立ったまま、父の作業に見入った。

まず求肥《ぎゅうひ》だ。白玉粉を水で溶き、目の細かい絹ふるいを使って鍋にこしいれる。やがて、それは半透明の糊《のり》のような粘り気を持つ。その中に、熱くした白餡《しろあん》を加え、混ぜ合わせる。小分けして粗熱を取り、布巾で寄せて揉《も》む。その作業を何度か繰り返し、なめらかな生地を作り上げてゆく。

一段落ついたところを見計らって、乃里子は仕事場の戸を引いた。

「お父さん、ただいま」

父は肩越しに振り返り、目を細めた。

「おお、帰ったか」

「まだ、かかる？」

「ほやな、もう少し」

父は生地に食紅を混ぜ、へらで均等に色をつけてゆく。それで餡を包み込む。

菊花、ということはすぐにわかった。父の得意の菓子だった。餡にころ柿を練りこんであり、砂糖と違った独特の甘味がある。また表面に三角へらで花びらをかたどる美しい細工が施され、客たちも今の季節の茶会にはたいていこれを指定した。

七年前、父は長く勤めていた老舗《しにせ》の和菓子店を辞めた。金沢ばかりでなく全国的にも知られた創業三百年余りの老舗だった。先代が亡くなってから、そこは父にとって居心地のよい場所ではなくなってしまったらしい。息子である新しい経営者は、若い世代に受け容れられる菓子作りを望んで、洋菓子の職人を店に入れた。また、経営を菓子だけではなく、不動産や株にも委ねるようになり、父が長年馴染《なじ》んだ店とは一変してしまったのだ。

そんな中で、父は新しい道を選んだ。

店舗を構えない菓子店。暖簾《のれん》もガラスケースもない。それが父のやり方だった。すべては注文のみの販売で、季節ごとの菓子、たとえば金沢特有のお正月の福梅、桃の節句の金花糖、七月一日の氷室《ひむろ》まんじゅう、婚礼に配られる五色生菓子、それらの注文を受ける。その他にも、来客用やお土産用として父の菓子は人気があった。日常的には、やはり茶会用だろう。お茶に所縁《ゆかり》が深く、嗜《たしな》む人も多い金沢の土地柄か、毎日のように茶会はどこかしらで行なわれている。「沢口さんとこのお菓子でないと」と、前の店を辞めてからもひいきにしてくれる客が結構いて、注文もそれなりに定期的にあり、贅沢《ぜいたく》はできないが、夫婦がふたり暮らしてゆくにはまずまずだった。

乃里子は父の指先を見つめた。こんもりと丸く形づくられた練りきりの表面が、武骨な父の指先によって美しく細工されてゆく。仕上げに、黄身餡をきんとんぶるいにかけてそぼろ状にし、箸《はし》でつまみ、細工された生地のてっぺんに押し込み、花の芯《しん》を作り上げる。それで完成だった。

いつものことだが、箱の中に丁寧に並べられてゆく生菓子を見ると、すでに食べ物という域を超えているように感じられる。そのたび、乃里子はかすかな感動を覚える。

「乃里子の好きな栗きんつばこしらえといたから」

父が木箱を顎《あご》でしゃくった。

「ほんと」

乃里子は思わずはしゃいだ声をあげて、作業台の端に置いてある木箱の蓋を上げた。薄い皮から金色の栗が透けて見えるこのきんつばは乃里子の好物だ。

「あと三十分ぐらいで終わるから、お茶の用意をしといてくれや」

「はぁい」

娘にかえって、少し甘えた声で返事をし、乃里子は木箱を手にして作業場を出た。

ふと顔を上げると、川の上流に医王山《いおうぜん》が眺められた。山の頂きから裾野まで赤っぽく染まって見えるのは、紅葉がもうそこまで広がっている証拠だった。金沢の秋は短い。その後ろには、秋を追い立てるように長く静かな冬が待ち構えている。

幼い頃、父は魔法の指を持っているのだと思っていた。何もないところから、さまざまな形の、そして色とりどりの菓子が現われるのを奇跡を見るように眺めていた。

そしてもうひとり、乃里子は魔法の指を持った男を知っている。父とは正反対の、華奢《きやしや》で、節の小さな、女のような指をしていた。

あの男の指先が、餡を練り、捏《こ》ね、丸め、くぼみを作り、細工し、巧みに動くのを、父に感じるものとはまったく別の、どこか嫌悪にも似た思いで、乃里子は眺めていた。

そう、いつも眺めていた。


久夫は目立たない生徒だった。

校下にめぐみ荘という施設があって、彼はそこから中学に通っていた。親に捨てられた子供が入る施設であるということは、ぼんやり知っていた。

彼は勉強ができるわけではないが、できないこともなかった。面白いことを言って周りを笑わせるでもなく、スポーツに長《た》けているわけでもなく、もちろんハンサムでもなかった。

久夫はいつもひとりだった。笑顔はほとんど見せたことがなく、かと言って不機嫌というわけでもなかった。彼はいつも淡々としていた。まるで感情というものを面倒がっているような感じだった。変わってる、と誰もが言った。変わっているというのは、一種、威圧的なものを感じさせる。いじめの対象にされるような興味の惹《ひ》き方もなかった。彼に近付こうとする生徒はいなかったし、彼もまた、少しもそれを望んではいないように見えた。

彼が進学しないことを知ったのは、卒業式間近の頃だ。理由は何となくわかるような気がして、敢えて誰も尋ねなかった。

高校に入った夏休み、乃里子は父の働く和菓子店でアルバイトをするようになった。幼い頃からよく出入りしていて、その頃の社長にはよく可愛がられていた。そこで久夫と会った。びっくりした。久夫は和菓子職人の見習いになっていた。

乃里子は売場の方にいて、作業場に出向くのは出来上がった菓子を取りにゆく時だけだ。あまり長居はしない。久夫のことも、まるで知らない誰かのように、視線を向けないようにした。そして、それは久夫も同じだった。乃里子と目を合わせることすらなかった。それはある意味で十六歳同士の自尊心のようなものだったのかもしれない。

作業場の手伝いのおばさんが、菓子を取りにきた乃里子を捕まえ、同じように久夫を引っ張って来て「あんたら、もしかして同じ中学やないが」とにやにやしながら言った。その言葉の中に大人の無神経といやらしさを感じ、乃里子はひどく嫌悪を覚えた。

久夫は「まあ」と答えた。迷惑そうでもなく、かと言ってもちろん嬉しそうでもなく、相変わらず感情というものにぴたりと蓋《ふた》をした抑揚のない言い方だった。彼に対して無関心でいながら、自分に対してそういった反応をされたことに傷ついて、乃里子は答えた。

「知らん」

おばさんがげらげら笑った。久夫はどうでもいいような顔をしていた。乃里子はばたばたと売場に戻った。

夏休み中、久夫と口をきいたのは一度だけだ。店仕舞いをしている最中、ふいに彼が店の方に顔を出した。

「今日、葛《くず》まんじゅう、売れたか？」

「うん、みんな売れたけど」

久夫の頰《ほお》が動いた。何か文句を言われそうな気がして、乃里子は身構えた。

「何なの？」

「別に」

その夜、父に聞いた。

「今日の葛まんじゅう、餡はあいつが丸めたんや」

その時、初めてあれが笑ったんだということに気づいた。

夕方、東京にいる夫から電話が入った。社内の電話を使っているらしく、人のざわめきや電話のコール音、それにキーボードを打つ機械音が、まるで絶え間ない波音のように背後でさざめいていた。

「ちょっと仕事がたてこんで、そっちに行けそうにないんだ」

「そう」

「君はゆっくりしてくればいい。久しぶりの故郷なんだから」

「ええ、ありがとう。そうさせてもらうわ」

「基樹は？」

「元気よ」

「そうか。また電話するよ」

短い電話だった。短くするために、会社からかけてきたのだろうという想像はすぐついた。

金沢に来たくない夫の気持ちは、よくわかる。東京の彼の実家で、自分の両親やきょうだいたちと過ごす方がどれだけ楽しいだろう。それは乃里子も同じだった。

夫との生活に歪《ゆが》みのようなものを感じ始めたのは、基樹が生まれてから一年ほどしての頃だ。慣れない生活に浮き足だっているうちに、夫婦はお互いへの関心を失っていた。夫は仕事と色のついた目をした女に夢中になり、乃里子は息子と食欲にしか目がいかなくなった。

夜、夫と息子が眠りにつくと、闇が液体のように身体を沈めてゆく。それに耐え切れず、こっそりとベッドを抜け出て、食べることと吐くことを繰り返した。そのことに夫は気づいているのか、気づかないふりをしているのか、何も言いはしなかった。乃里子の体型は傍目《はため》に見ても何の変化もない。しかし胃袋は伸びきって、その分、精神は堅く萎縮していた。

「昌幸さん、いつこっちに来なさるの？」

「ちょっとわからんわ。来られんかもしれない。仕事がたてこんでるって、さっきの電話で言ってたし」

母に答える自分の言葉が、いつのまにか金沢弁になっているのが可笑《おか》しかった。

「ほんながか。忙しいんやねえ」

夕食は近所に住む六歳上の姉家族も加わって賑《にぎ》やかなものになった。基樹はもう父の膝の上に乗っている。子供の環境への順応力には感心させられる。本能で、自分を甘やかしてくれる相手をちゃんと選んでいるのだ。

食卓には乃里子の好きなものが並べられた。鴨とすだれ麩《ふ》、椎茸《しいたけ》、三ツ葉などを小麦粉をまぶしてとろりと煮込むじぶ煮。鯛を背開きして、人参、牛蒡《ごぼう》、きくらげ、銀杏《ぎんなん》などの具がはいったおからを詰め、蒸し上げた鯛の唐蒸し。紅白なます。コウバコ蟹《がに》の味噌汁。そして母の得意な散らし寿司。

「遠慮せんと、いっぱい食べまっし」

母が皿を乃里子の前に勧める。

乃里子は母と父と、姉と義兄、彼らのふたりの子供、そして父の膝で無邪気に笑う息子の基樹を見つめた。幸福がもっともわかりやすい形をして目の前に広がっていた。もし今、夫と別れたいと言ったら、彼らはどんな顔をするだろう。

若い女が、都会に憧れたり、いい洋服やブランド品を欲しがったり、夜遊びをしたがったり、条件のいい男をつかまえようと望むのは、愚かなことだろうか。

金沢が嫌いなわけじゃない。むしろ、居心地がよすぎることが不安だった。姉は小さい頃、可愛らしくて利発で、この辺りでは誰もが一目おいていたし、乃里子の自慢でもあった。けれども進学も就職も結婚も地元ですると、だんだんと街ですれ違っても気がつかない平凡な女になっていた。信用金庫に勤める義兄は優しくて人柄もいい。姉自身が満足しているのだから乃里子がとやかく言うことではない。それがわかっていても、どこか歯痒《はがゆ》かった。

決して姉の幸福を否定するのではなく、姉に重なる自分の姿があまりにも容易《たやす》く想像できることに乃里子は不安を感じた。この街を出よう、姉夫婦や両親の穏やかな笑顔を見ながら決心はゆっくりと固まっていった。

和菓子店のアルバイトは高校三年まで続けた。久夫は少しずつ菓子作りの腕を上げていったようだ。けれども彼の評判はあまりいいとはいえなかった。手伝いやパートの女性たちの間では、どちらかと言うと、眉をひそめられる存在だった。

「あんまり無愛想なもんやから、最初、口がきけんがんないかって思ったわ」

彼は人から可愛がられるコツを何ひとつ知らなかった。それが彼の生い立ちに所以《ゆえん》しているかどうかはいちがいに決められない。少なくとも乃里子には、彼自身がそれを好んでいないように見えた。

「いい腕しとるんやけどな」

父は彼を認めていた。それでも、彼の性格がこれからの人生を、もしかしたら厄介なものにするかもしれない、ということは感じているようだった。

乃里子は時折、彼の指先に視線が捉《とら》われる自分に気づくようになっていた。父とは違い華奢で節の目立たない女のような指が、餡や求肥や餅を形づくってゆく。その動きはあくまでしなやかで、繊細だ。その時、身体の奥深くに、意志が崩れてゆくような敗北感が滲《にじ》んで来るのだった。それは腹立たしさにも似ていて、乃里子をいたたまれなくした。しかもその腹立ちが、彼に対するものか、自分に対するものなのかさえよくわからなかった。

念願通り、東京の大学に進学が決まり、アルバイトも最後になった夜、店の後片付けをしていると、のそっと久夫が顔を出した。

「これ」

久夫が皿に載せた菓子を一個差し出した。

「なに？」

「食ってみてくれ」

白い薄皮に包まれた、見た目は何の変哲もない薯蕷饅頭《じょうよまんじゅう》だ。断る理由が見つからず、乃里子は黙ってそれを口に運んだ。思いがけない味と感触が広がった。

「どうだ？」

久夫が尋ねる。

「なに、これ？」

乃里子は思わず久夫を見上げて尋ねた。

「うまいかまずいか、聞いとるんや」

「おいしい。餡が甘くない。ほくほくしてるのはお芋？　ううん、違う、お芋よりもっとさっぱりしてる」

「餡に百合根を使ったんや」

「へえ」

「何か、新しいもん作ってみろって親方に言われたから」

親方とは乃里子の父のことだ。

「おいしい、とっても」

「そうか」

久夫が頬を緩めた。怒っているような表情も、今はもう、笑顔とわかる。

その日、ふたりは一緒に川べりの道を歩いて帰った。太陽は西に姿を消し、医王山が群青の空より濃いシルエットで浮かんでいた。浅野川大橋から梅の橋、天神橋、常盤橋と、黙って歩いた。その間、話したのはひと言だけだ。

「東京の大学行くんやってな」

「うん」

川面を滑る風は、芳醇な春の香りを含んでいる。そのとろりとした濃厚さに息苦しくなり、立ち止まりそうになる。しかし、足を止めると、何かとても困ったことになりそうな気がして、ひたすら歩き続けた。

真夜中に、乃里子は我慢しきれず台所に向かった。

鍋の蓋を上げると、じぶ煮が残っている。茶わん籠から菜箸を摑《つか》んで、直接、口へ運んだ。すでに食欲が発作のように全身に広がっていた。この身体中がからっぽになってしまったかのような飢餓感は、自分でもはっきりと異常だとわかる。が、どうすることもできない。戸棚の中の散らし寿司も、冷蔵庫の中のハムやチーズも、目につくものを手当たり次第口にした。

満足すれば、トイレに駆け込む。身体中が総毛立つほどの後悔にまみれながら、すべてのものを吐き出してしまう。繰り返されるこの不毛な行為を、乃里子はすべて理解していながら、口の中へ食べ物を押し込むのをやめられない。どれだけ食べても、決して満足することのない身体の奥の暗闇から、慟哭《どうこく》のような風が吹き上げている。

夕方、基樹を連れて、散歩に出た。

常盤橋から遊歩道に下りて、下流へと歩いて行った。うっすらとした宵《よい》がベールのように空気を湿らせ、風に肌が心地よく潤ってゆく。もう風には冬の匂いがした。自分がこの風に吹かれて育ったことを、乃里子は改めて感じた。

基樹は川を覗き込んだり、草や花を摘んだりと、忙しく駆け回っている。天神橋まで歩いたところで、乃里子は屈んで基樹と目を合わせた。

「タクシーに乗るけど、いい？」

「どこに行くの？」

「会いたい人がいるの」

「お友達？」

「そう、大切なお友達」

「いいよ」

並木町方面から走って来たタクシーに手を上げた。タクシーは尾張町から武蔵ヶ辻《つじ》を抜け、駅へと向かってゆく。車窓から見える、夕闇が迫りつつある街の風景が、目の端に滲んで流れて行った。

駅ビルの一角に、久夫が小さな店を持ったのは二十六歳の時だ。若すぎると誰もが言ったが、それでもすでに十年の修業を積んでいて、独立するに早すぎるというわけでもなかった。資金は、同じめぐみ荘出身の、今では金沢で中堅となった運送会社の経営者が提供してくれたという。

それらを、乃里子は久夫から聞いた。結婚前、金沢に戻っていたあの時だ。かつての同僚が、いいチャンスだと言って金沢に遊びに来た時、見送りに行った駅ビルで、偶然、彼に出会った。ショーケースの向こうで、久夫の頰が驚きで少し動いた。

「しばらく」

と、久夫が言った。

「ええ、本当に」

と、乃里子は答えた。

久夫にはもう、あの頃のすべてに対して面倒臭がっているような素振りは見えなかった。少なくとも、客には笑顔を見せた。何だか少しがっかりした。

「ずいぶん、変わったのね」

「客商売だからな」

そう言った時、表情の隙間に見慣れた無関心が覗いて、乃里子は思わず苦笑した。

久夫は生菓子よりも、保存のきく干菓子を扱っていた。駅ビルに寄る客は、ほとんどが観光客だ。日持ちがすること、見栄えが美しいこと、このふたつからも干菓子は最適だった。

「あれは？」

「百合根の餡を使ったお饅頭」

「あれ？」

「ああ、やめた」

「そう」

金沢ではおはじきのことを『かいちん』と呼ぶ。店ではその名をつけた色とりどりの小さな寒天菓子が人気商品となっていた。乾燥させた表面が、口の中に入れるとハラリと砕け、中から生姜砂糖で味つけされた寒天が柔らかく溶ける。その名の通り、愛らしく繊細な菓子だ。

乃里子はそれをお土産用として友人のために買い、もう一箱を自分のために買った。家に戻っても、久夫と会ったことは、父には言わなかった。その理由はうまく言えない。ただ、黙っていた。

部屋で『かいちん』を口の中に入れる時、かすかなためらいを感じた。久夫の指を思い出していた。この美しく柔らかく、そして、どこかいやらしいほど愛らしい形をした菓子が、久夫のあの華奢な指で作り上げられてゆくのを想像した。すると、舌先よりも早く、身体の奥がとろりと溶けだしてゆくような気がした。

五年ぶりで見る久夫は、また少し変わっていた。最後に会った時よりいくらか太り、店の主人としての貫禄もついていた。しかし、それは失望を呼び起こすほどのものではなかった。

乃里子を前にして、久夫はいかにも彼らしい静かな驚きを見せた。そして「しばらく」と、あの時と同じセリフを口にした。

「ええ、本当に」

乃里子も同じだった。

「里帰りかい？」

「まあ、そんなとこ」

「お子さん？」

久夫は基樹に顔を向けた。

「ええ、そうよ。基樹、ご挨拶は」

「こんにちは」

基樹が上目遣いでぺこりと頭を下げる。

「ああ、こんにちは」

久夫が答える。

「君に似てるね」

「よく言われるわ。あなたは？」

「もうすぐ一歳になる娘がいる」

「そう、結婚したの」

「二年前にね。資金を出してくれた人の娘と一緒になった」

「おめでとう」

乃里子は久夫を見つめる。あの時「行くな」と激しく乃里子の肩を抱きながら言ったその唇を見つめる。


久夫と寝たのは一度だけだ。

式が近付くにつれ、あの白く細い指が、たおやかに動いて菓子を作り上げることを想像しただけで、驚いたことに、乃里子はそれを激しく欲している自分を意識した。

あなたと寝たい、そう言った時、久夫は黙ったまま、まるで死を宣告された病人のように戸惑いの目を向けた。しばらくの間、考え込むように沈黙を置いたが、やがて言った。

「俺の部屋でいいか」

久夫の指が、乃里子の髪をかきあげ、乳房を掴み、ヴァギナに滑り込む。乱暴な愛撫《あいぶ》だった。もしかしたら憎まれているのかもしれないと感じた。しかし、そうして欲しいと望む自分が確実にいた。もっと、と思う。もっと、もっと痛めつけて欲しい。身体から流れ出るすべてのものを吸いつくして欲しい。乃里子は声を上げることすら忘れて、快楽をむさぼり続けた。どれだけ交わっても満足することがなかった。久夫の指で、自分がどんな形にも変えられてゆく。どんな形に変えられようと、恥ずかしくなかった。

「いくつ？」

それに答えようとする基樹を、乃里子は右手で抱き寄せ、代わりに言った。

「三歳よ」

基樹が顔を上げるのを感じた。

「そうか、三歳か。大きいんだな」

久夫がため息のように小さく息を吐く。

「じゃあ、私、行くわ」

「ちょっと待ってくれ。『かいちん』気に入ってくれてたよな。持って帰ってくれ」

久夫はショーケースの上に並べてある包みを差し出した。

「悪いわ」

「いいんだ、親方にもよろしく。ご無沙汰してすみませんって」

「ありがとう、じゃあ遠慮なく」

乃里子は包みを受け取ると、基樹の手をひいて、背を向けた。

その時、ふと声がしたようで振り向いた。

「え？」

「いや」

「なに？」

「幸せなんだね」

乃里子はとびきりの笑顔を作った。

「ええ、とっても」

もしあの時、久夫の「行くな」という言葉を受け入れていたら、自分はどんな人生を歩いていただろう。

そんなことを考えて、考えた自分に苦笑した。もし、から始まる人生なんて、いったい何の役に立つというのだ。

私はここにいる。そして、私のそばには基樹がいる。

タクシーに乗ってから、基樹が言った。

「ねえ、ママ」

「なに？」

「さっき、ママ、間違えたよ」

「何を」

「ボク、三歳じゃない、四歳だよ」

乃里子は基樹の髪に手をやり、ほほ笑んだ。

「そうだったわね、ママ、間違えちゃったわね。ごめんなさい」

基樹は私に似ている。夫似だとは誰も言わない。そして、基樹は男の子には似合わない、華奢で繊細で、女の子のような指をしている。

乃里子は窓を薄く開けた。川面を滑る風を、思い切り吸いたかった。

愛される女

母が鏡を覗《のぞ》き込み、眉《まゆ》を描いている。

母の表情は真剣そのものだ。食事では少し震える指も、その時だけはぴたりと止まる。見方によっては、まるで鍛えぬかれた老職人の最後のプライドのようでもある。

母は薄くなった眉毛を眉墨でなぞって、下弦の月のような曲線を描く。それはひどく不自然な形をしているが、なぜか母には似合っている。母の元々の眉がどんな形をしているのか、小さい時から見たことがない。化粧を落とした時、母にはほとんど眉がなかった。

母は昔から化粧に時間がかかった。丁寧に白粉《おしろい》をはたき、目の周りを黒く縁取り、紅をさし、最後にこうして眉を描く。本来ならその後に、髪を撫《な》で付けるのだろうが、六十歳を過ぎ、こうして病院のベッドのうえで過ごしている今も変わりはない。それは六十歳を過ぎ、こうして病院のベッドのうえでいる薬の副作用で、母の髪はもうほとんどなく、代わりに色鮮やかなスカーフを巻いている。それを直すと、大きなイヤリングと指輪をつけ、ピンクにバラの花が散った光沢ある生地のガウンの襟元《えりもと》を整える。

そうして母はもう一度鏡を覗き込んだ。

「何だか顔色が冴《さ》えないわね、頬紅をさした方がいいかしら」

私はそれに答えない。答える気にもなれない。母が、回診の若い医者を意識しているのは、付き添うようになってすぐに気づいた。自分の娘より十歳近くも年下であろう医者の前で、少女のように甘えた声を出して媚《こび》を振り撒く母と、そんな母に困惑しながらも精一杯の笑顔を返す医者、苦笑をこらえる看護婦たち、その中で羞恥《しゅうち》にまみれて立っていなければならない時、私は心底、母を憎みそうになる。

「あら、先生がいらしたわ」

母が慌ててベッドに横たわる。廊下に響く靴音で、母はその主を当ててしまう。じきにノックがあり、医者が姿を現わした。

「具合はどうですか？」

医者は子供をあやすような口調で尋ねた。健康な大人なら屈辱を感じるかもしれないが、母は病人であり、ましてや今は少女に戻っている。

「ええ、おかげさまで。食欲も少しずつ戻ってきました」

「それはよかった。身体が薬に慣れてきたんでしょう」

「先生のおかげです」

「あなたが模範的な患者さんだから、僕も助かります」

「あら、嬉しいわ、褒《ほ》めていただくなんて」

甲高《かんだか》く母が笑う。そのはしゃいだ声に、私は思わず前にのめりそうになる。医者が母の腕を取り、脈を測る。血管が透けて見える母の手の爪先も、赤く彩られている。マニキュアどころか、母は足の指まで色を塗る。塗るのはもちろん、私の役目だ。母の眉がきゅっと額へと引き上がり、いくらか目を細めて医者を眺める。うっとりと、恍惚《こうこつ》に満ちた目で眺める。医者は時計に目を落としながら、母がどんな目で自分を見ているか知っている。そして、看護婦もまた確かにそれを見ている。私は恥ずかしさで背中を熱くする。

私は父親を知らない。

母も、もしかしたら私の父親が誰なのかわからないのではないかと思う。

「あんたの父さんはひどい男だったわ」

と、母はよく言ったが、母の前に現われた男はみんなひどい男ばかりだった。そしてまた、そういう男しか現われないのは当然なほど、母もひどい女だった。どの男が父親であっても私にとって大した変わりはなかっただろう。

母は強欲で、浅薄で、品がなく、そして、美しかった。綺麗《きれい》なおかあさん、という言葉は、私の名をよばれるよりたくさん耳にした。美しさは母のいちばんの武器だったが、いちばんの弱点でもあった。美貌《びぼう》に惹《ひ》かれて、母の周りには常に男たちが群がった。母は当然のごとく男たちから金と精を吸い取った。男から得るものがなくなると、すぐに次の男を見つけだした。時には刃物が持ち出されるような修羅場を迎えた。今もその名残りとして、母の背と太ももと頭には傷が残っている。もちろん三つとも別れた男たちにつけられたものだ。それでも母に悔恨とか反省などという思考は生まれず、懲りずに男を作った。母に必要なのは、恋とか愛ではなく、男だった。だからひとりが去れば、別の男を捕まえればよいだけのことだ。美しい母にとって、それは呼吸をするよりもたやすいことだった。

母は一時、金沢から五十キロほど離れた場所にある温泉で仲居として働いていた時がある。私が小学校低学年の頃だ。男から逃れるためだった。殺される、と母は言った。あの男に私もあんたも殺される。

働き口を見つけて、寮代わりにアパートを与えられると、母はすぐに男を連れ込むようになった。温泉客のこともあったし、板前や、地元を仕切るヤクザ者の時もあった。あの頃が最悪だった。不安だったのか、焦りがあったのか、それともさしあたっての現金が欲しかったのか、母は見境なく男を引っ張り込んだ。

何度も、母の声を聞いた。熟しすぎて崩れる直前の果実のような粘り気のある甘い声が夜の底に落ちてゆく。襖《ふすま》一枚隔てた隣りで眠る娘への配慮など微塵も感じられなかった。むしろ、娘を観客のひとりのように扱っているふしさえ見られた。

声も嫌だったが、私が何より嫌悪したのは、男が帰った後に、部屋にいつまでも残るにおいだ。それは浜辺に打ち上げられた魚が放つように、生臭く饐《す》えていてぼんやりとした温度を持っていた。

今でも、時折ふっとあのにおいを思い出し、吐きそうになる時がある。

「じゃあ、私、帰るから」

母の洗濯物をまとめて、私は振り返る。母は鏡を覗き込んで熱心に化粧を直している。

「明日、また来るわ」

「ちょっと」

「なに？」

「あんた、化粧ぐらいしたらどうなの」

「新しいタオル、引き出しの中に入れておいたから」

「それに、もうちょっとマシな格好できないの」

私は口を噤《つぐ》んで、冷たい蛍光色を放つ床に目を落とした。

「いつもいつも色気も素っ気もない服ばかり着て。器量が悪いんだから、せめて化粧や着るものくらいちゃんとしないと、先生にも看護婦さんにも、私が恥ずかしいやないの。ほんとにあんたは私の子かしらね。ちょっとは遺伝してくれりゃよかったのに」

何も答えず、私は病室を出た。確かに私の格好はいつもジーパンにトレーナーで、それもスーパーで買った安物で、見た目にもみすぼらしいかもしれない。けれど、私は全然気にならなかった。毎日、洗濯は欠かさないし、アイロンだって当てている。それで十分ではないか。母のように、フリルやレースさえついていれば、何日も同じ下着をつけていても女らしい、などと考える神経の方が私には理解できない。

しかし母を言い負かす自信はなかった。そんなことを試みること自体、無駄なことだと、私は生理が始まる頃にはもう知っていた。母にとって、自分の意見だけがいつも正しい。後悔をしたことのない人間に、世の中には別の生き方もある、などということをどう伝えられるだろう。

小さい時から、母にとって価値のあるものを、私は何ひとつ持っていなかった。私の成績がよいことや、手先が器用なことや、毎日同じ時間に起きて学校に出掛けることを、母はむしろ嫌悪した。

「女はね、何もできないのが勲章なの。綺麗でさえあれば、何もできなくても生きてゆけるの。女であるっていうのは、そういうことなの。わかる？」

それからため息まじりに、こう付け加える。

「まあ、あんたにはわからないかもしれないわね」

女と生まれた限りは美しくなければならない。美しくない女は男に愛されない。男に愛されない女に、どんな意味があるというのだ。そんな母の言い分はいかにも母らしく、短絡で愚かで、そしてある点で的を射ていた。美しい女が、美しいというだけで、労なく欲しいものを手に入れてゆく様子を、年をとるに従って、私は目のあたりにした。かといって、私はそれを羨《うらや》ましく思っているわけではなかった。私の欲しいものは大抵そこにはなかった。

女は、自分が女であることを常に自覚していなければ、女ではいられない。そういう意味で、私はすでに小さい時から女ではなかった。

美しく生まれなかったのは私のせいではない。それでも私は何をやっても母の関心を惹くことはできなかった。努力はたいてい滑稽《こっけい》につながって、母の神経を逆撫でした。

ただひとつだけ、母が私を認めることがあった。それは若さだ。母は時折、私を憎々しく眺めた。あの頃には気づかなかったが、美しくない女にも若さという花冠が与えられることに、腹立たしさを感じていたのかもしれない。

高校を卒業する直前、私は家を出た。工務店の事務に就職が決まって、ようやく自分で稼げる算段がついたせいもあるが、ちょうどその頃、母の男が転がり込んで来たせいもあった。母は四十歳を過ぎても美しかったが、相変わらずひどい男しか選べない、ひどい女のままだった。男は最低の部類に入るタイプで、母が遅くなる夜、布団に潜り込む前に、わざわざいちばんきついジーパンをはかなければ不安で眠れなくなった時、私は家を出る決心をした。

そして、それ以来、母とはずっと会っていなかった。

翌日も、仕事帰りに病室に寄った。相変わらず母は鏡を覗き込んで化粧に余念がなく、私を見ようともしない。私はゴミをまとめたり、使ったタオルを交換したりした。

「身体、拭《ふ》こうか」

「ああ、そうしてもらおうか」

母はようやく鏡の中から私を見た。

ポットのお湯を洗面器に移して、そこに少しアルコールを落とす。私は母のネグリジェを脱がす。病院の寝巻は格好が悪いから嫌いだと、母は決してそれを着ようとはしないのだ。

母の裸体は流木を連想させた。波に晒《さら》されるように、男たちの手に揺られ、摑まれ、愛撫されてきた。かつて、どこを押してもそのまま指がめりこんでしまうのではないかと思われるほど柔らかかった母の肌に、あの頃の面影はもうない。石のように硬くなり、機能しなくなった肝臓のせいで、全体的に赤っぽくざらざらしている。あまり強くこすると皮膚がずるりと剝《む》けてしまいそうな気がして、押さえるように拭く。

家を出てから、私は結婚し、出産し、離婚した。離婚の時、娘を引き取ることができなかった。それだけが今も悔やまれてならない。あの時、どれだけ食い下がっても法律は私の望みを聞き入れてくれなかった。会いたいという願いさえ、拒否された。それが娘のためだと言われると、黙るしかなかった。あれから十二年たつが、娘のことは片時も忘れたことはない。まだ三歳だった娘は愛らしく、何ものにも代えがたい宝だった。いつか娘と暮らしたい。それだけが私の望みだ。娘は今年、十五歳になった。

私がそんなふうに暮らしている間、母は相変わらず男たちを渡り歩いていたようだった。しかし最終的に金持ちの死にかけた老人と一緒になり、じきに本当に夫が死んで、その遺産で豊かな生活を送るようになっていた。病院の方から母が入院したという連絡を受けて、私たちはほぼ二十年ぶりで顔を合わせた。

母はもう美しくなかった。老いと病魔が確実に母を蝕《むしば》んでいた。かつての美しさを知っているだけに、その姿は無残にも無情にも見え、私は母に同情した。

しかし、私を見た母の第一声はこうだった。

「何とかならんの、その格好。あんたそれでも女なの」

母はこうなった今も、まだ芯から女なのだった。

身体を拭き終わって、母にネグリジェを着せた。

そろそろ点滴の時間だ。抗ガン剤の投与はきついが、今はそれを続けるしか方法がない。母は再び鏡を手にして、熱心に自分の顔を覗き込んでいる。目尻に滲んだアイラインを、唾《つば》で濡らした指先でこすると、喋《しゃべ》り始めた。

「下の階の大部屋の女連中、あいつらときたら、私の格好がどうだとか、昔は何をやってたとか、どうでもいいことばっかり噂してるの。本当に馬鹿馬鹿しいったらないわ。嫉妬してるのよ。私みたいになりたいって、正直に言えばいいのに。所詮、大部屋にしか入れない貧乏もんは黙って引っ込んでりゃいいのよ。ほんとに、ムカムカするわ。それから朝、検温しに来る若い看護婦、先生が好きなもんだから私を邪険に扱うの。ブサイク女の僻《ひが》み根性ってやつね。ほんと、どいつもこいつも、性悪女ばっかりなんだから」

母の悪口雑言はとめどなく溢れる。売店の女が、賄《まかな》いの女が、しまいにはテレビに出ている女優たちにまで難癖をつける。

私がこうして、文句も言わず、母の世話をしているのは、心優しい娘のわけでも、遺されるものをあてにしているわけでもない。あの美しかった母が、無残に老いて、醜くなってゆく姿を見届けたいがためだ。

母はもうすぐ死ぬ。

それは医者から宣告されている。

私は決してそれを待っているのではない。

ただ、見届けたいだけだ。


国道八号線沿いにある、観光客相手の大きな食堂で私は働いている。

何台もの観光バスが、お昼時になると怒濤《どとう》のごとくやって来て、腹をすかせた客を吐き出す。見た目は金沢らしいが、冷凍や輸入物をたっぷり使っていて、大衆居酒屋と大して変わらない料理を、時間と戦いながら私たちは客に提供する。客たちは文句も言わず胃袋の中にそれを押し込め、再びバスに乗って去ってゆく。毎日、それの繰り返しだった。

しかし仕事は悪くなかった。似たような年齢の主婦たちばかりが集まっていて、いつも仕事場は明るく、賑やかだ。何より、食べ物に困ることはない。形の崩れた卵焼きや、焦げすぎた魚などを、私はよく帰りぎわにタッパーに詰めて持って帰った。

しかし、驚いたことに、それをしない同僚の主婦たちの方が多いのだった。彼女らに言わせると、それは恥ずかしい行為であるらしい。

そんな彼女らは、美しいとまでは言えないにしても、それなりの容姿をしていた。私と同じ白い調理服を着ていても、布地を盛り上げる胸やお尻の格好が微妙に丸みを帯びたフォルムをしていて、私とは全然違っていた。彼女らは残り物をタッパーに詰めなくても、調理主任やフロアー係の男から別のものを与えられていた。それは飲み会の誘いや、昼休みの軽口や、ちょっとした残業時間の上乗せだったが、私にはそれよりも卵焼きや焼き魚の方が価値があったので、別段、気にならなかった。

私は決して女を否定しているのではない。女であることを放棄するのは、私にとってもっとも生きやすいひとつの方法にすぎない。私はただ、楽に生きてゆきたいだけだ。

そんな私にも、一度だけ、女でいることを努力したことがある。二十三歳の頃だ。私は早く結婚したかった。なぜなら、そうすることが女を放棄できるいちばんの近道だとわかったからだ。

女ではなく妻になり、女ではなく嫁になり、女ではなく主婦になり、いずれ、女ではなく母親になる。そのために私は一刻も早く結婚したかった。

そして、その通りになった。同僚だった夫は穏やかな人で、彼といると私は瀞《とろ》に身を沈めたように安らいだ気分になった。姑もさほど口うるさくなく、黙って言うことを聞いていれば機嫌がよかった。私は貞淑な妻で、できた嫁で、賢い主婦で、よき母親になることを努力した。

「あなた、よく我慢してるわね」

と、周りから言われることもあったが、不自由だとか窮屈などと感じたことは一度もなかった。たぶん、あの頃が私のいちばん幸福な時代だったに違いない。

夫から離婚を切り出されたのは、結婚して五年目のことだった。

「おまえを見てるとうんざりする。腹が立って、イライラして、怒鳴り出したくなる。おまえはもう女じゃない。それが僕には耐えられない」

そう言って、驚いたことに、夫は泣くのだった。

もう少し化粧をしたらどうだとか、たまには美容院に行けとか、スカートをなぜはかないとか、以前、夫が言ったことはあったが、妻で嫁で主婦で母親の私には、どれも必要のないものばかりだった。夫とのセックスは、娘を妊娠した時から一度もない。最初は私が拒否したが、いつか、夫も何も言わなくなった。夫が私を見なくなり、口をきかなくなり、やがて、帰らぬ夜を作るようになったが、私は家事に手を抜いたり、姑を粗末に扱ったり、娘に八つ当たりするようなことはなかった。私には、夫の不満がうまく理解できなかった。

夫からいくらかの金を受け取り、結局、私は家を出ることになった。娘のことだけが気掛かりだったが、姑によくなついていた娘は、玄関先で私にバイバイと手を振った。娘は娘なりに選択をしたのだと、そう思うことで私は自分を慰めた。


お正月があけてすぐ、母の病状が悪化した。

今時にはめずらしく、からりと晴れ上がった空が、窓一面に広がっていた。

一時、母は危篤状態にまで陥った。小さな痙攣《けいれん》を繰り返し、涎《よだれ》を流す母の姿を、私はただ見つめていた。医者の怒声と、看護婦の慌ただしい足音、かちゃかちゃと鳴る金属音。それが却って病室全体を覆う静寂をひきたたせていた。母は、母が好んで着ていたピンクのネグリジェをはぎ取られ、母の最も嫌っていた病院用の寝巻に着替えさせられた。意識がなくてよかったと思った。母はこんな寝巻を着ている自分など、きっと見たくもないだろう。

美しかった母。美しくて、強欲で、浅薄で、下品だった母。私にいつも女を強要し、そうでない私を非難し続けた母。

お母さん、と呼びそうになって、私は口を噤んだ。連絡を受けて、慌ててアパートを飛び出して来た私は、いつにも増してひどい格好をしていた。

「佐藤の家内です」

と、女は名乗った。

それが誰だかすぐには気がつかなかった。

「突然、お電話なんかしまして」

「いえ」

私は記憶のページをめくりながら、佐藤というよくある名前を口の中で繰り返した。

「私が直接お電話するのは非常識なのかもしれませんが、主人に話してもらちがあきませんので、不躾《ぶしつけ》を承知で、こうしてかけさせていただきました」

その時になってようやく気づいた。

「ああ、佐藤さん」

それは別れた夫の姓だった。

妻となった女性は、言葉づかいが丁寧だけでなく、人の善さを感じさせる謙虚さがそここここに感じられた。確か、夫は私と別れて一年後に再婚したはずだ。付き合っていた愛人とではなく、上司の紹介だったと聞いている。その後、男の子と女の子が生まれたと、これも噂だが耳にした。いい人と再婚したな、と、素直に思った。娘がこの女性に育てられたのかと思うと、胸が熱くなった。

「マリは元気にしていますか」

「ええ、とっても。今年は高校受験です」

「ええ、知ってます。それで、どこの高校を」

「まだ、はっきりとは決まっていません。今週、進路指導の先生と最後の面談があります。それによって決まります」

「そうですか、よろしくお願いします」

言ってから、自分のセリフが相手を不愉快にしたのではないかと懸念したが、その必要はなかったようだ。

「あの」

その人は言った。

「はい」

受話器の向こうで、長く息が吐き出された。その人はいくらか声を震わせた。

「私、もう、自信がないんです」

「え？」

「主人は、今だけのことだ、誰もが通る道だからと言って、取り合ってくれません。でも、私はもう、どうして向き合ってゆけばいいのか、わからないんです」

「マリのことですか？」

尋ねると、答えはため息で返ってきた。

「ええ、そうです。ずっとうまくやってきました。自分の子とわけへだてして育てたつもりはありません」

「マリがどうしたっていうんです」

「私じゃ駄目なんです。今のマリちゃんに必要なのは、やっぱり血の繋《つな》がった母親なんです」

私は心臓がどきどきしていた。この人はいったい何を言おうとしているのだろう。

「マリちゃんと、会ってやってください」

嬉しさのあまり、思わず声を上げそうになった。ずっと夢見ていた。別れて十二年の間、ずっと。

「いいんですか？　本当に、マリに会っても、いいんですか？」

「マリちゃんも、それを望んでいます」

「ありがとうございます、ありがとうございます」

私は電話の前で何度も頭を下げた。

「もし、あなたとマリちゃんが望むなら、私はおふたりで暮らすことになっても仕方ないと思っています。いえ、それがきっといちばんいい方法なんです」

私はほとんど目眩《めまい》がしそうだった。会えるだけではない、暮らせるかもしれない。私はまた母親になれるという。こんな日が来るなんて予想もしていなかった。

「夫と姑のことは心配しないでください。私が説得します」

「ええ、ええ、ありがとうございます。許されるなら、ぜひそうさせてください。それで、差し当たってマリにはいつ会えますか？　私は今日でも、明日でも」

彼女は少し考えた。

「もうすぐ受験ですので、それが終わったら」

「終わるのは、いつ？」

「あと、ひと月ほど」

私は急に不安になった。

「まさか、ひと月たって気が変わったなんてことには」

「いいえ、思いつきで電話をしたのではありません。もう一年以上、私なりに考えに考え抜いたことですから」

「信じてよろしいんですね」

「もちろんです。必ず、ご連絡します」

電話を切ってから、私はしばらく何も手につかなかった。またマリと一緒に暮らせる。私に母親という座が与えられる。妻も嫁も主婦も失ってしまったが、母親という生き方を再び手に入れられるならそれで十分だ。この殺風景な部屋も、マリと一緒ならどんなに華やぐだろう。いいや、この部屋では狭すぎる。もう少し広い部屋に引っ越そう。まるで遠足前の子供のように、嬉しくてその夜は一睡もできなかった。

母が逝ったのは、二月に入ってすぐのことだ。

寒いというより、痛いというような、日本海からの風が容赦なく吹き付ける明け方だった。街全体が凍えるように身を縮めていた。

母の意識はあれからほとんど戻らなかった。何度か薄く目を開けて、声らしきものを洩らしたが、言葉にはならず、わずかに開く唇から赤茶けた舌がちろちろと覗くばかりだった。

醜い、というのではなかった。確かに変わり果てた姿ではあったが、人から生気というものを取り去ったら、たぶんこんな姿が残るのだろうという感じだった。もし母が、最後まで美しかったら、母はもっと苦しんだに違いない。美しいまま、どうして死ぬことなどできるだろう。母はああして鏡の中で自分を確かめながら、少しずつその時のための準備をしていたはずだ。

母のお棺の中には、母がずっと使っていた化粧品や鏡、そしていちばん気にいっていたバラの花模様のガウンを入れた。

冬の空に、白い煙となって吸い込まれてゆく母を、私はひとりで見送った。

私が、自分が女であることに意味を見つけだせなかったのは、確かに母の影響によるだろう。けれども、母を恨んでいるわけではなかった。その影響はむしろ、私にふさわしい生き方を与えてくれたのだと思う。

私は母を愛していたが、愛していたのは母の部分だけだ。しかし母にとって、母の部分はごく僅かであり、ほとんどは女として生きていた。母を愛そうにも、愛すべき部分が少なすぎた。つまり母自身、娘に愛されることなど望んではいなかったのだ。

悲しかったが、絶望していたわけではなかった。母の付き添いを始めた時から、この日が来ることは承知していた。ひとつだけ、心から安堵したことがある。もう二度と母からあのセリフを言われないことだ。

「あんた、それでも女なの」

そう言って、責められないことだ。

待っていた連絡がようやく入った。

「いつがよろしいですか？」

と、相手は悠長なことを尋ねるが、私にしたら、今すぐだって構わない。

「いつでも」

即座に答えた。

「では、今度の土曜日はいかがでしょう」

「わかりました。それで、マリは私と会うことをどう言ってました？」

「もちろん、喜んでいます。最近、ほとんど私とは口をきかないので、あなたのことをお話しした時もすぐには言葉がなかったですけど、土曜日と言ったのもマリちゃんですから」

私はすっかり有頂天になっていた。

この女性は悪い人ではない。けれどもマリにとってはやはり継母だったのだろう。マリはきっと言いたいことも言えず、心の拠り所のない毎日を暮らしていたに違いない。そんな娘のことを想像すると胸が痛んだ。こんなことなら、もっと早く手を打つべきだったと、今さらながら悔やまれてならない。

「それから、夫も姑も私が説得しましたからご安心ください。マリちゃんが成人するまでの養育費のことも心配なさらないように。責任を持って、こちらで用意させていただきますから」

「何もかも、ありがとうございます」

「いいえ。私などお礼を言われる立場じゃありません。本当に申し訳なく思っています」

「そんな、とんでもない」

彼女を責める気など毛頭なかった。いたらなかったというなら、そのおかげでマリとまた暮らせるのだから、逆に感謝しなければならないくらいだ。

土曜日。

約束の喫茶店で、私はマリを待っていた。

三歳の時、別れたきり、もう十二年も会ってない。現在通っている中学校のセーラー服を着てくるらしいが、マリはどんなふうに成長しただろう。

もしマリが私のことを恨んでいたら、と考えるといたたまれない思いにかられた。決してあなたを捨てたのではない。あなたを置いて家を出る時、身体の半分をひきちぎられるほどつらかった。そのことをマリは理解してくれるだろうか。いや、もし恨んでいるなら、会いたいなどと言ってこないはずだ。マリはきっとわかってくれている。今からこの十二年間の空白を埋めようと思う。これから何年かかっても、マリと一緒に暮らしながら、できなかった母親の役割をやり直したい。

約束の時間になり、自動ドアが左右に開いた。私は高鳴る胸に手を当てて目を向けた。セーラー服の白いリボンが目についた。

しかし、その少女を確認した瞬間、私はぼんやり口を開けた。セーラー服の少女は、とても少女とは呼べなかった。突き出た胸も張ったお尻も、十分に成熟したものを感じさせた。

少女は店内を見回し、私を見た。目が合って、こちらに近付いて来ると、挨拶もなしにいきなり向かい側に腰を下ろした。

「マリ?」

尋ねると、面倒臭そうな返事があった。

「ああ」

そしてマリが最初にしたことは、鞄《かばん》から携帯電話を取り出すことだった。それをテーブルの上に置くと、いくらか目を細めて私を眺めた。これ以上短くなることはないというようなプリーツスカートと、地面にずりそうなソックス。髪は長く、茶色で、肌もそれと同じような色をしている。耳にはいくつものピアスが銀色に光り、両手の指の半分には指輪があった。くちゃくちゃと絶え間なくガムを噛む口元は、白っぽい口紅が塗られている。私は惚《ほう》けたようにマリを見続けた。マリの姿のどこにも、別れた三歳の頃の面影を見つけだすことはできなかった。

「何よ」

「いえ、別に」

私は膝に視線を落とした。混乱を越えて、うろたえていた。マリ、マリ、私のかけがえのない娘。呪文《じゅもん》のように呟いても、時は決して逆回りはしてくれない。

そんな私をめがけて、マリはこう言った。

「あんたさ」

私はゆっくりと顔を上げた。

不自然に描かれた眉。同じだった。母と同じあの下弦の月のような眉が、きゅっと持ち上がって、私を冷ややかに見下ろしていた。

「あんたさ、その格好何とかならないの。それでも女なの」

玻璃の雨降る

斎場を覆う空は、今にも降りだしそうな気配だった。

聡子《さとこ》は足を止め、空を見上げた。花曇りと呼ぶには雲が厚く垂れ籠め過ぎている。予報通り、午後からは雨になるかもしれない。

犀川から水を引く大野庄用水や鞍月《くらつき》用水にも、雪解け水がふんだんに流れ込むようになっていた。透き通った水の底に、水草が流れに身を委ねるように揺れるのが見える。そろそろ稲の植え付けが始まる時期でもあった。金沢から車で二時間ほど離れた、白山山麓《さんろく》の鳥越という村にある実家の父も、今頃、農機具の手入れを始めているだろう。

鳥越にはもう長く帰っていなかった。帰省という言葉を使うには近すぎる距離であり、いつでも帰れる、という思いが却って足を遠ざけていた。

聡子もようやく、ガラス工芸作家として一人立ちできるようになっていた。定期的な注文があり、画廊との関係も順調に継続している。最近、郊外に建つレストランのオブジェ制作の依頼も受け、望んだ通り、仕事のスケジュールが毎日を埋めるようになっていた。聡子は満足していた。少なくとも、昨夜、その死亡記事を見つけるまでは、ガラスと向き合うだけの生活にすっかり馴染んでいた。

芦沢が死んだ？

悪い冗談のような気がして、何度も新聞を読み返した。やはり、それがあの芦沢に違いないとわかると、新聞をばさばさと畳んで隅に放り出した。テレビをつけた。雑誌を読んだ。コーヒーを飲み、煙草を吸った。けれども、目の端には新聞がずっとまとわりついたままだった。

聡子は自分に言いきかせた。たとえ芦沢が死んだとして、それがどうだというのだ。関係ない。気にする必要などない。彼に関して快い印象は何も残っていない。どころか、苦い種を誤って噛《か》んでしまったような不愉快さがあるだけだ。ずっと忘れていた。こんな記事を見つけなければ、これからもずっと忘れているはずだった。

しかし翌日の朝には、聡子は再び新聞を手にしていた。

告別式の時間と場所を確かめると、諦めにも似た気持ちで、クローゼットの奥から喪服を取り出した。

芦沢とは一年前に別れ、それから一度も会っていない。

その前の約一年半の間、聡子は芦沢とお金が介在する関係を続けていた。

美大を卒業して数年がたち、聡子は三十歳になろうとしていた。ガラス工芸の道を選び、大学に助手として残ったものの、収入はわずかなものだった。昼間は教授の手伝いと学生たちの世話に時間をとられ、自分の作品にまで手が回らない。それでも大学に残ったのは、自分の工房を持つことができないからだ。ここにいれば、何とか制作は続けられる。

田舎の父に無理を言えば、少しは援助をしてくれただろう。けれども負担をかけることには抵抗があった。幼い時、母は聡子を置いて家を出て行った。聡子が二歳にもなっていなかった頃のことだ。再婚した継母との間に妹と弟が生まれたが、ふたりともまだ学生で、これからお金がかかるのはわかっていた。継母は気持ちの優しい人で、関係に気まずさが残るようなことはなかったが、新しい家族が作られてから、父を自分のものであると考えてはいけないのだと、意識の中にいつからか備わるようになっていた。

作品が大型になるに従って費用も嵩《かさ》む。聡子はアート展に出品するために、新たに収入の道を確保しなければならなかった。結局、ホステスのアルバイトに出ることにした。時間と収入のバランスからいっても、これほど割りのいいアルバイトは他に見つからなかった。

芦沢とはその店で出会った。聡子よりふたまわり近く年上であり、それ以上老けて見えるわけではないが、若くもなかった。胡散《うさん》臭さが体臭のように沁《し》みついている男だった。ゴルフ会員権のブローカーのような仕事をしていることは、仲間のホステスたちから聞いていた。

何度か芦沢の席についた。その何度目かに、自分がガラス工芸をやっていることを話した。自分の工房を持ちたいようなことも言ったかもしれない。いつか芦沢は席に必ず聡子を呼ぶようになった。そして、時々思い出したように尋ねた。

「まだガラスをやってるのか」

「はい」

「今は何を作ってる」

「ワイングラスです。背が高くて首がらせんになってる」

「そんなもの、売れるのか？」

「売れません」

「金にならんものをどうして作る」

「たぶん、説明してもわかっていただけないと思います」

聡子は芦沢に特別な感情を持ったというわけではない。だからこんな生意気な口もきけるのだった。もし、そこに何かあるとしたら反発だろう。芦沢にはこういった男たちが必ず持つ独特の傲慢さがあった。それともうひとつ、無関心だ。ホステスたちと気楽に騒いでいても、その眉の動かし方や煙草をくわえる口元に、すべてのものに対する基本的な無関心が見てとれた。頭の中にあるのはいつも数字であり、どんな時でも売買という感覚から離れることができない、そんな印象を残していた。

誘われて、初めてふたりで食事をした夜、芦沢はまるで食後酒をオーダーするような気安さで言った。

「私と契約する気はないか？」

「契約？」

「おまえは自分の工房が持ちたいんだろう。その援助をしてもいいと思っている」

聡子は目の前に座る、この初老の男の顔を見つめた。狼狽《ろうばい》はしなかった。二十以上という年齢差が却って聡子に余裕を与えたのかもしれない。落ち着いた声で尋ね返した。

「その見返りは？」

「週に一度か二度、私と会う」

「会うだけですか？」

「もちろん違う」

聡子はコーヒーカップを口に運んだ。陶器の感触が唇に心地よい。しかし、契約などという不粋な言い方を平気で口にする芦沢の無神経さに、聡子の自尊心はちりちりと音をたてて粟立《あわだ》っていた。確かに自分の工房が欲しいと思う。制作にたっぷり時間もかけたい。それにはお金が必要だ。けれども、結局は飼われる女になれということではないか。

あの時、なぜすぐに断らなかったのか、その思いが自分に嫌悪を抱かせた。「一週間待って欲しい」と、返事に猶予を持たせる必要などなかったはずだ。その場で断ってしまえばよかったのだ。

けれども、その一週間は聡子の気持ちを変えずにはおかない時間となってしまった。目指していたアート展への作品を完成することができなかったのだ。

ガラス工芸はさまざまな技法があるが、聡子はその中でもグラヴィールを得意としている。グラヴィールは、色ガラスを多層に重ねた被せガラスに、銅板を使った研磨機で表面を少しずつ削り取り、ガラスを通る光の濃淡で文様を浮かび上がらせるというものだ。根気と繊細さが必要とされる作業だった。

大学の工房にはひと組だけだが、研磨の設備が整っている。削る模様に応じて、大小、または厚さの違う銅板が必要になって来る。聡子は無色ガラスに濃紺のガラスを被せた大皿に、蔦《つた》の模様を描いていた。昼間は学生が使うことが多く、夕方になってようやく自分のためにそれを使用することができるのである。

濃紺のガラスを削ると、下から無色透明のガラスが少しずつ覗いて来る。まるで泉が湧きだすように、そこから光が溢れて来る。ガラスは光との関係がすべてだと、聡子は思っている。深く削れば純粋な光が、浅く削れば彩られた光が、硬質なガラス器をある種の温度を感じるものに変化させてしまうのだ。

聡子は研磨機の銅板をいちばん厚めのものに替えた。立体感を出すために、深く削る部分が必要となったからだ。しかし削り過ぎれば、光を通しすぎてその部分だけ浮いてしまう怖れもある。特に慎重さを要する作業だった。

研磨機に銅板をセットして、スイッチを入れる。銅板がかすかな機械音をたてて回転し始める。聡子は大皿を両手でしっかりと持ち、墨で描いた下絵の線に沿って研磨機に当てた。きゅん、と甲高い音がして細かいガラスの粉が跳ねる。聡子は瞬《まばた》きもしない。ほんの一瞬が命取りになってしまうこともある。

おかしいと気付いたのはすぐだった。大皿をこれだけ両手で固定しているのに、線が微妙にぶれるのだ。研磨機に問題があるのかもしれない。作業をやめようとしたその時、ガッと鈍い音がした。瞬間、聡子の手に救いようのない重みが分けられた。驚きで声も出なかった。無残な姿で大皿はまっぷたつに割れていた。

どのくらいそうしていたのだろう。工房の中で、聡子はふたつに割れた皿を手にしたまま作業椅子に座り続けていた。二か月以上も手をかけた作品だった。来週はアート展の搬入日だ。それに間に合わせるために、時間を惜しんで制作に根をつめて来たのだ。

たぶん研磨機の銅板に歪《ゆが》みがあったのだろう。扱いについては、いつも口うるさく言っているが、大学の備え付けの機材ということで、利用はしても愛着を持った扱いをする学生は少なかった。

いいや、悪いのは自分だ。聡子は唇を噛んだ。作業を始める前に確認をすべきだった。時間を惜しむ気持ちが結局、こんな結果を招いてしまった。これでアート展には出品できない。作品だけでなく、二か月もの時間と労力がすべて無駄なものになってしまった。

自分の工房が欲しい。その時、痛切に思った。好きな時に好きなだけ制作に打ち込める工房が欲しい。そのためだったら何でもする。そう、何でもする。

約束の日、聡子は芦沢に承諾の意を伝えた。芦沢は「そうか」と短く答えただけだった。

朝、聡子は目を覚ますとすぐに工房に入る。

古い小さな平屋建てを借りてからふた月がたっていた。三つある部屋のうちのいちばん大きい十畳を工房にした。研磨機と電気窯《がま》も手に入れた。すでに新しい作品にも取りかかっていた。

ホステスのアルバイトは辞め、大学の助手だけを務めた。教授から教わることはまだ多く、若い学生たちから受ける影響も捨てがたい。芦沢とは契約通り、週に一度か二度会う。食事をした後、この家にやって来る。そして芦沢は聡子を抱く。

聞いたことがあった。

「どうして、私だったんですか?」

「何のことだ」

「私より若くて綺麗でお金を欲しがってる女の子はたくさんいるのに」

「そうだな、たくさんいる」

「だったら、どうして?」

「毛皮でも宝石でもなく、工房を欲しがるホステスなんて初めてだった」

芦沢は目を閉じる。すぐに軽い寝息をたて始める。聡子は上半身を起こし、芦沢の顔を見下ろす。

刻み込まれた額や目尻の皺《しわ》、頬にはうっすらとシミが浮いている。老いが確実に浸透している顔。芦沢は眠っている時でさえ何かに追われているかのように苦しげな表情をしていた。初老の男が持つある種の悲愴《ひそう》感のようなものが、眠りの中でも芦沢を覆っている。

一度だけだが、芦沢が工房に入ったことがある。いつもは無関心な芦沢だが、その散らかった工房に足を踏み入れた時だけ、無防備な好奇心のかたまりとなった。芦沢はさまざまな器具や道具を身体を屈めて覗き込んだ。

「これは何に使うんだ」

「研磨機です。その銅板を回転させて、ガラスの表面を削るんです」

「削って、どうする」

「深く削ったり浅く削ったりして、光の通り具合を変えるんです。そうすると立体感がでるでしょう」

「こっちは？」

「電気窯です。小さなものはこれで細工します。アクセサリーとか、時々、頼まれたりしますから。いいアルバイトになるんです」

「なるほどな」

「興味、あるんですか？」

芦沢は少しだけ顎を引いた。

「親父が陶器の工場で働いていた。子供の頃、よくそこへ遊びに行った。ここは何となく似てるな。匂いかな」

「お父さんはどんなものを作っていらしたんですか？」

「ただの貧しい職人だ。おまえが作っている芸術とか美術とか御大層なもんからは程遠い。毎日毎日、土と汗にまみれて働いていた。死んだ時も、親父の爪には粘土がこびりついていたよ」

そして芦沢は唐突に話を打ち切り、工房から出て行った。芦沢の背が不意に頼りないものに映って見えた。ほんの瞬間だが、幼い日へと帰った芦沢の姿は、聡子をどこか納まりの悪い気持ちにさせていた。

口数の少ない芦沢とのベッドは、時折、迷子になってしまったかのような不安を感じることがあった。暗闇の中で堅い背に腕を回し、身体中に彼の吐息を感じていても、それが確かなものには思えない。いや、確かでなくていい。確かなものであっては困るのだ。そう自身に言い聞かせながら、聡子の身体は芦沢を覚えてゆく。その感覚はガラスに文様が描き込まれてゆくように、微妙な凹凸を持って皮膚に残されてゆく。

いつもは健啖《けんたん》家の芦沢だが、今夜はめずらしく食事に箸が伸びない。

「どうかしたの？」

「こんな料理はもううんざりだ」

芦沢は美しく盛られたオードブルの皿を押しやった。

「私にはごちそうだけど」

「夜は人と会うのがほとんどだからな、毎晩じゃどんなごちそうも拷問になる」

「じゃあ今度、私が作りましょうか」

聡子が言うと、芦沢は「おや」というように、グラスの向こうから目を向けた。

「これでも私、料理の腕はなかなかなんです」

その約束を果たすために、翌週、聡子は朝から買い出しに出掛け、キッチンに立った。

継母は料理の上手な人だった。母の味は知らなくても、聡子の舌はちゃんとした味覚を知っていた。

野菜の煮物。鯛のあら炊き。しらすおろし。茶碗蒸し。芦沢の来訪にはまだ少しあるが、ご飯は炊き上がり、味噌汁も温まっている。もちろんお酒の準備も整っている。

テーブルを片付け、茶碗やお箸を用意した。聡子は芦沢のために箸を一膳《いちぜん》買った。箸置きは聡子が作ったものだ。昨日、思い立って電気窯で焼いたのだ。たったふたつだけの箸置き。それだけしか必要がない。小さな手のひらの形をした箸置きだった。それを置くとテーブルは整った。

聡子は椅子に腰を下ろし、テーブルを眺めた。長くこんな食卓を見ていなかった。誰かのために食事を作るということ、誰かのために茶碗やお皿を選ぶということ、ましてや、誰かとの食事のためにガラスの箸置きを作るということ。

身体の奥から甘い香りが立ち上って来る。こんな気分を長く味わっていなかった。そしてそれを十分に堪能した後、不意に、そう、いきなり頰をはたかれるように、苦い思いが突き上げて来た。

何のために、私はこんなことをしているのだろう。

言い訳はすぐに思いついた。お金のためだ。工房のためだ。けれどもまだ湯気を上げている料理にも、箸にも箸置きにも、それだけでは間尺に合わない何かが見えた。その何かが聡子をひやりとさせた。

聡子は椅子から立ち上がった。並べた箸と箸置きを食器棚にしまいこむと、煮物が盛られた皿を手にした。いくらかの躊躇を感じながらも捨ててしまう。その瞬間、手をかけた料理はただのゴミになった。ひとつを捨てれば躊躇は消えた。聡子は次の料理を手にした。そして、すべての料理を始末した。

芦沢が家に来た時、テーブルにはデリバリーのピザと、チキン、サラダ、そしてビールが並んでいた。

「おまえの手料理とはこういうのか」

「ここのピザ、とってもおいしいのよ」

うんざりした顔つきの芦沢を見て、聡子はどこかホッとしていた。

それから半年が過ぎた。

そろそろアート展の準備を始めなければならない時期に入っていた。

前回は完成直前の作品を割ってしまうというアクシデントに泣いたが、プロとしてのパスポートを手に入れるためにも、今度のアート展ではどうしても入選したかった。

取りかかったのは花瓶である。高さ五十センチ、胴回り三十センチ。濃い紫を被せたガラスだ。形はシンプルだが、技術には凝る。硬質の花瓶を、柔らかな紫の絹が覆っているように作る予定だった。

布は曲線のつながりでもある。それを硬質なガラスの上に、それも触れると形を崩してしまいそうな線を作るには苦労した。ひとつづきの線を一度に削るのは難しい。短い線を少しずつなげてゆく。つないだ跡がわからないようにするのが腕の見せ所だ。

聡子は没頭した。家にいる時、そのほとんどを工房で過ごした。作業している時は何も考えなかった。深く削り過ぎてはいけない。浅い削りでもいけない。特に布が重なる部分が難しい。実際に絹をガラス器に巻き付け、内側から光を当ててみる。それはどこか湿り気のある光に変わる。しかし同じものを作っては価値がない。同じならば作る必要がない。ガラスの美しさを壊さず、ガラスを超える。今までにない力のこめ方を自分で感じた。夢中だった。

芦沢からの連絡に間隔があいてゆくことが、気にならなかったわけではない。たまに会っても彼は疲れた表情をしていたし、どこか不機嫌にも見えた。しかし聡子は制作のことで頭がいっぱいだった。連絡がなければ、その方が都合がいいと思っていた。

教授から入選の知らせが入ったのは、選考日当日の遅く、自宅でのことだった。

「おめでとう、やったね」

教授の言葉を、聡子はほとんどうわの空で聞いていた。やっと望みが叶《かな》ったのだ。ガラス工芸を志してから、欲しくてたまらなかった入選だった。喜びは時々人を空白にする。聡子は笑うでも泣くでもなく、ぼんやりと工房に入った。工房で聡子は研磨機の手入れを始めた。回転部分に油を差し綿布で磨く。無心に磨いた。それが聡子にとって最高の喜びの表現だった。

「それで、その作品は売れるのか」

芦沢の第一声がこれだった。興奮気味に入選を報告したことに、失望を感じた。何かを期待していたわけではないが、こんな言葉が欲しかったわけでもなかった。

「売れるかもしれないし、売れないかもしれません。でも、そんなことより入選したことに価値があるの」

「しかし、売れなければプロとは言えんだろう」

「そうかもしれないけど」

芦沢の頭の中にあるすべてのことはお金だ。そのことは初めから知っていた。聡子との関係もそうであるように、彼にとっての価値は、常に金銭に置き換えてこそ実感できるものなのだ。入選した、ただそれだけで喜ぶ聡子をたぶん芦沢は理解できない。そしてそうできない芦沢を聡子は哀しく思う。

しかし芦沢の言葉は、ある意味で正しかった。アート展に入選を果たしても、いくつかの美術誌で評価されたぐらいで、結局はそれきりだった。売れる様子もなければ注文もない。賞さえ取れば何とかなる、ガラス工芸作家として一歩を踏みだせる、と考えていた自分の甘さを痛感した。

気がつくと、芦沢からの連絡は途絶えがちになっていた。週に一度か二度、そう言っていた芦沢だったが、連絡を寄越したのは、前に会ってから三週間もたっていた。

お風呂から上がり、芦沢の待つベッドに入ると、彼は聡子に触れようともせず、くぐもった声で言った。

「少し背中を押してくれ」

聡子は俯《うつぶ》せに寝る芦沢の背に手を置いた。老いが滲んだ背だった。筋肉そのものがどこか拘縮しているようにひどく堅く、押す指にかなりの体重をかけなければならなかった。

その時、聡子は不意に別れを感じた。

この人は私に飽き始めている。すでに口座に振り込む金額だけの価値を、私に感じなくなっている。

それに気付いて、軽い衝撃が聡子の身体を熱くした。芦沢と別れるということはこの工房を手放すということだ。そうすればまた助手とアルバイトに追われる毎日に戻らなければならない。想像しただけでうんざりだった。この工房だけはどうしても手放したくない。何とかここで制作を続けたい。しかし、それは仕方のないことなのだろうか。


画商から連絡が入ったのは、午後になってからだった。

昨夜から続いていた雨がようやくやんで、雲間から差し込む細い太陽の光が、まだ軒先で膨らむ水滴に眩《まぶ》しく反射していた。

「あなたの入選した作品をぜひ買い上げたいとおっしゃるお客さまがいるのです」

山原と名乗るその画商は、淡々とした口調で言った。

咄嗟《とっさ》にどう答えてよいかわからず、聡子は唇を舌先で湿らせた。

「手放すおつもりがあるのでしたら、私が間に入らせていただきたいと思いますが」

売れる、画商がつく、これがプロとしての作家の在り方なのだ。ようやく自分にもそういったことが回って来たと、聡子の胸は弾んでいた。あの作品には愛着があるが、手放すことに不満はない。まして提示された金額も十分なものだった。

「お任せします」

聡子が短く答えると、画商は満足そうな声を出した。

「その方は、あなたの作品をこれからもコレクションしたいとおっしゃっています。こんなチャンスはなかなかあるものではないですよ。次の作品はもう取りかかっていますか？」

「いえ、それはまだ」

「だったらすぐに取りかかった方がよろしいと思います」

「あの」

「はい」

「買って下さるのはどんな方ですか」

「さる方とだけ申し上げておきましょう。偶然、あなたの作品を展覧会で見て、とても気に入られたようです。わかってらっしゃると思いますが、スポンサーを持つということは、芸術家として少しも恥入ることではありません。自分が好きな作家が世に出るための手伝いをする。そういった援助が、文化というものを支えているのです。その方も、あなたの才能が世の中に認められることを望んでいるのです。私も協力させていただきます。あなたはあなたの作りたいものを迷うことなく作ればよろしいのです」

明日にでも作品を画廊まで届けることを約束して、聡子は電話を切った。工房に入ってすぐにあの花瓶を取り出した。手をかけた。研磨にはひどく苦労した。愛着のある作品であることと同様、手放す喜びもそこにあった。

案の定、それから一か月、芦沢からは何の連絡もなかった。それでも指定された日に決まった金額が振り込まれていた時、聡子は初めて、自分から連絡を取った。

指定されたホテルのバーで、夜景を背に芦沢は聡子を見ている。光線の加減か、芦沢の頰には濃い影が落ち、それがひどく他人行儀に見えた。

「お金はお返しします」

芦沢はわずかに頷《うなず》いた。

「そうか。もう、何もかもわかってるというわけだ」

「はい」

「勘のいい子だ」

そして目元に皮肉な笑みを浮かべた。

「意外とあっさりしているんだな。拍子抜けしたよ。手切金とか、もう少しゴネられると思った」

「それが契約というものでしょう」

「私からの援助がなくなっても、食ってゆけるのか」

「作品が売れました。アート展に入選した花瓶です。新しい注文ももらいました。ですから気になさらないでください」

「そうか、売れたのか。なるほど、いいタイミングだったというわけだ」

芦沢は素っ気なく言い、グラスを口に運んだ。

「最後に、聞いてもいいですか？」

聡子は少しも減らないグラスを手のひらで包んだ。

「ああ」

「一度でも私を愛したことがありますか？」

言ってからすぐに後悔した。何故、そんなことを口にしたのか、自分でも理解できなかった。聡子は自分の言葉に狼狽《うろた》え、傷ついていた。そして追い討ちをかけるように、返って来る言葉でもう一度傷つかなければならなかった。

「そんな下らない質問はしないことだ」

芦沢は短く言い放った。芦沢特有の傲慢で無関心な言葉。それは完全に聡子の胸を打ち砕いていた。夜の底に砕けた思いだけがゆっくりと沈んでいった。

皮肉なのか、幸運なのか、仕事は順調だった。

「例の方が、ゴブレットを五客揃えて欲しいそうです。あまり大振りではないものを、注文はそれだけです。色やデザインはあなたに任せると言っています」

定期的に買い入れてくれる客は、まさに聡子にとって貴重な糧《かて》だった。聡子は自分の生活とこの住み慣れた工房のために、夢中で制作した。

漠然とだが、聡子はその人に母を感じる時があった。展覧会で偶然に見たというだけの理由では少し不自然過ぎる。それだけでこんなにも肩入れしてくれるものだろうか。買い上げた作品の金額もかなりになっている。

母の行方は知らない。母を憎むほど、母のことを覚えているわけでもなかった。もし今、会うことができたなら、ただ尋ねてみたいと思う。何があなたをそうさせたのか。しかし、画廊の山原は決してその名をあかそうとはしなかった。そして聡子の方も、今は詮索に心を砕く余裕はなかった。

それからふた月後、聡子はあるデザイン展で最優秀賞を受けることになった。スポンサーに大手のインテリア会社がついていることもあり、思いがけず作品は注目された。それによって注文も予想以上に増え、聡子は嬉しい悲鳴を上げなければならなかった。ガラス工芸作家としての一歩は、確実に踏みだされていた。

それから一年近くがたち、聡子の環境はすっかり変わっていた。大学の助手もやめ、今は制作に没頭するだけの毎日を送っている。時々、デザイン学校の講師を頼まれたり、雑誌からの取材を受けることもある。最近、東京で個展を開かないかという話も舞い込んで、聡子は毎日を忙しく過ごしていた。

例の方は、今も聡子の作品を買い続けてくれている。どんなに忙しくても、聡子はその人からの注文だけは断ったことはなかった。もしその人がいなければ、今の自分はなかっただろう。芦沢からの援助が切れて、工房も手放さなければならなかった。工房があったからこそ、次の作品も制作することができたのだ。


斎場に続く道の両脇は白一色の献花で埋めつくされている。風が少し出て来たのか、時折、花びらが道に舞い落ちる。

胸の奥にずっとくすぶり続けていた硬い痼《しこ》りのような思いを抱えて、聡子は斎場へと歩いてゆく。来る必要などなかったかもしれない。けれど、こうして一人立ちした自分を芦沢に見せ付けてやりたいという気持ちもどこかにあるのだった。

仕事柄か弔問客は多く、焼香にもかなりの時間が必要だった。祭壇に飾られた芦沢の写真が近付いてくる。笑っている顔は、もしかしたら初めて見る彼かもしれない。まるで知らない誰かのように見えた。知らない誰かであってくれたら、という思いもあった。

焼香台の前に立つと、何かを深く考え始める前に、聡子は香をつまみ上げ、目を伏せた。自分にとって芦沢は、別れを告げたあの時に死んでしまった。ここに眠る男は私とは何の関係もない。すると怒りにも似た感覚が身体を掠《かす》めてゆく。聡子はもう写真の芦沢と顔を合わせなかった。すぐに背を向けて、焼香台から離れた。

「芦沢さん、ずいぶん長い間療養なさっていたらしいね」

「一年以上だろう。本人はその時から覚悟は決めていたらしいけど」

「あの人もいろいろあくどいことをして来たからね」

「因果応報ってやつかな」

背後から話し声が聞こえる。彼らの雑談は思いがけず聡子の足を止めさせた。一年以上も前、その言葉が引っ掛かっていた。

まさか、芦沢は私と会っていた頃にもう自分の病気のことを知っていたのだろうか。

不意に聡子の中で何かがぐらぐら揺れ始めた。何が揺れているのか、自分でもよくわからなかった。とても大切なことをどうしても思い出せないもどかしさのような、戸惑いのような、焦りにも似た不安が身体を包み込む。

そこに立ち尽くしている聡子に気をきかせたのか、係りの人が導いた。

「お差し支《つか》えないようでしたら、どうぞ、こちらで最後のお別れを」

「いえ、私は……」

「さあ、どうぞ」

聡子は少しの迷いの後、従った。

棺の周りには家族らしき人たちがいた。あの女性が妻だろうか。平凡な人だった。聡子は平静な気持ちで会釈した。

棺の中で、芦沢はひっそりと横たわっていた。目をしっかりと閉じた顔はすっかり頬の肉が落ちていた。小さくなったと思った。聡子のベッドで眠る芦沢よりひとまわりもふたまわりも。かつて抱き合った男。身体から流れ出るものを啜《すす》り合った男。軽い吐き気が胸元からこみあげて来る。

もう別れは済ませている。送る言葉は何もない。聡子は屈んで花を落とそうとした。

その時、不意に目が奪われた。棺の中に見覚えのあるものを見つけていた。まさかと思った。しかし間違えようもなかった。それは聡子が作った花瓶なのだ。アート展に入選したあの花瓶。それだけではない、ゴブレット、飾り皿、ワイングラス、他にも様々なものが並べられている。それはすべて画商を通して注文された作品だった。

何故ここに、何故ここにあるのだ。

それを問う聡子の身体はすでに小刻みに震え始めていた。

何もかもが、解かれてゆく。

聡子は目を閉じた。

そう、何もかもが解かれてゆく。

棺は閉められ、火葬場へと移されて行った。

聡子はひとり天を見上げていた。芦沢を思った。あんなに会っていながら、あんなに抱き合っていながら、私はいったい芦沢の何を見ていたのだろう。

雲は自らの重みに耐えかねて、やがて嗚咽《おえつ》するかのように細かい雨を落とし始めた。雨ははらはらと、ただはらはらと髪や肩に降り落ちる。柔らかな春の雨だった。

しかし、それはまるで玻璃《はり》の雨のように聡子の全身を刺し続けた。

天女

蒲焼きというと、たいがいのひとは鰻を思うが、金沢では泥鰌《どじょう》をさすことが多い。

かつては赤線の一角だった石坂、現在の野町のはずれの軒先がせめぎ合うようにして家が建ち並ぶ路地の奥に、赤い旗にひらがなで「どじょう」の文字が白く染め抜かれた店がある。軒の低い、間口半間ほどの小さな店構えだが、別にここだけが特別に小さいというわけではなく、金沢で開くこの手の店はどれもたいがいこの程度だ。

秋口から春の終わりまでおでんや蒸しまんじゅうを売り、初夏から店を変える。香ばしいタレの匂いが町中に漂い始めると、住人たちはにわかに夏が近付いたことを知る。その頃から、加寿子《かずこ》はほぼ毎日買いにゆくようになる。泥鰌の蒲焼きは夫の好物だった。

店の前に来ると、いつものように十本を頼んだ。七十を過ぎた、泥鰌と同じつるりとした皮膚を持つ店主が上目遣いで「あいよ」と答え、無造作に水桶《みずおけ》の中から泥鰌を摑み上げる。泥鰌は必死に身をくねらせている。それを押さえながら、指の間から出て来る頭を目打ちで打つ。それでもまだ泥鰌は身をくねらせ続ける。素早く背開きにして内臓を搔《か》き出し、竹串に刺し、タレをつけ、炭火で焼く。

加寿子は焼き上がるまでの数分ほど、店先に置いてある水桶の中をしゃがんで覗き込むのが習慣になっていた。桶の中でてらてらとした身を互いにこすり合いながら、十センチほどの泥鰌がひしめきあっている。二百、いや三百はいるだろう。時折、空気を吸いに水面に顔を出すが、小さな気泡を残して、すぐさま仲間を割って底へと潜り込む。それをどの泥鰌も順繰りに行なうので、水桶全体にうねりが生まれ、まるでひとつの生き物のように見えた。加寿子はその様子を見ながら、いつも思う。泥の中からやっときれいな水に放たれたというのに、泥鰌は心底、暗くて濁った場所が好きらしい。

「奥さん、十本ね」

店主がパックに入れた蒲焼きを差し出した。加寿子は微笑んでそれを受け取り、代金を払った。熱さが手のひらに伝わって来る。路地に並ぶ家々からは夕暮れ時の穏やかなざわめきが通りにまで流れている。もうナイター中継が始まっている時間だ。夫がテレビの前で待っている。

走りだそうとした足が、ふと止まった。入り組んだ瓦屋根の間から、燠火《おきび》にも似た夕陽が燃えていた。それは絶望するほどきれいで、加寿子はしばらく立ちすくんだ。

さっきから加寿子は電話が気になってならない。

そろそろ午後二時半になろうとしていた。昨日と同じ時間だった。タカシはまたかけてくるだろうか。加寿子は「二度とかけんといて」と強い口調で突っぱねたが、タカシは二年前のあの頃と同じ調子で、何を言われてもこたえそうもないヘラヘラした笑い声を残して電話を切った。

どうしようもない男だった。働くのが嫌いで、賭事《かけごと》と女には目がなく、飲めないくせに酒場に入り浸り、その上、とてつもなく口がうまかった。昨日の電話でも、タカシは大真面目な声でぬけぬけと言った。

「やっぱり、俺には加寿子が最高の女やった。おまえがおらんようになって、そのこと、よう身にしみたわ」

「今さら、何言っとるが。あの子とはどうなったん」

「あの子って誰や」

「香林坊のキャバクラで働いとった子」

「ああ、あの子か。あんなの、すぐに別れたわ」

「ふうん」

「なあ、会えんか」

「私、もう結婚したんや」

「わかっとる。けど結婚したからって、会ってお茶を飲むぐらいのことはしたっていいんやないか。古い知り合いなんやし」

「会わん」

「そんなこと言わんと」

「会わん」

「なぁ」

「会わんと言ったら、会わん。切るわ」

「明日、またかける」

「二度とかけんといて」

「何怒っとるがいや、変な奴やな」

受話器を置いてからも、しばらく興奮で頭がくらくらした。タカシが自分にしたさまざまな仕打ちが思い出されて、そのひとつひとつを火あぶりするみたいに煙草を吸った。そして、それが治まると、ぼんやりした。それからふと、自分の口元が弛《ゆる》んでいることに気付き、また腹が立って、もう一度、煙草に指を伸ばした。


夫は優しい。

気の利いた冗談ひとつも言えず、陽に焼けてずんぐりとした体軀《たいく》をしていて、美男とは程遠く、周りからは野暮でつまらない男と言われているが、自分には十分過ぎる相手だと感謝している。

夫は正式に結婚してくれた。そんな人並みの幸福など、決して手に入らないものだと思っていた。スーパーや商店街で「奥さん」と呼ばれるたび、加寿子はいつもうっとりして、微笑んでしまう。

「おまちどおさま」

加寿子は今日もまた泥鰌の蒲焼きを食卓に載せる。夫は短く「ああ」と答え、すぐに竹串をくわえる。

冬は湯豆腐に熱燗《あつかん》を一本。夏の晩酌は、こうしてナイターを観ながら泥鰌の蒲焼きにビール一本と決まっていた。コリコリと中骨を砕き、唇をタレにぬらしながら食べる夫は、満足そうだ。

造園師の夫の指はごつくて、松の樹皮のように堅く、どんなに洗っても、節や爪先に泥が染みこんで取れない。汚れているのではなく、すでに彼の指の皮膚の一部になっているのだった。

加寿子はふと、タカシのつるりとした女のような手を思い出した。対照的な手はそのままふたりの生き方を表わしていた。働かないタカシの手は、その動きさえも悪賢くて、いつも何かを企んでいるように見えた。

「おまえ、どうしたがや」

加寿子を見るなり、タカシが言った。

「何が？」

「えらい変わったなぁ」

髪から靴の先まで、タカシは感心したように何度も視線を往復させた。言いたいことはだいたいわかる。

「あんたはそのまんま」

腹がたって言い返してやったが、困ったことに、すぐ笑ってしまった。派手な柄シャツとか、白と黒のコンビ靴とか、ダイヤがはめこんであるように見えるけれど実は通信販売の安物の腕時計とか、本当にタカシは二年前と同じ胡散臭《うさん》さで現われた。

あれから三日後にかかって来たタカシの電話に、加寿子は思わず「あんた、何しとったが」と声を荒らげていた。小賢《こざか》しいタカシは当人でさえ気付いてなかった女の心情を素早く読み取り、すっかり図に乗って、それから毎日電話をかけて来た。

「会おう、会うだけや。それくらいいいやろ。な、な」

一週間、それを耳元で聞かされ続け、ついに加寿子は会う約束をしてしまったのだ。

「しかし、まさかここまでダサなっとるとは思わんかった。正真正銘、オバサンやないか」

タカシの頬はきれいに剃刀《かみそり》が当てられている。もともと男の割りにはひどく肌がきれいで、加寿子も嫉妬するほどだった。

「私はもう奥さんやもん」

加寿子は少しムッとして、高飛車に答えた。

「今時の奥さんは、もっとみんなお洒落しとるぞ」

「私はこれでいいんや」

「せめて化粧ぐらいしろよ」

「ダンナが嫌がるんや」

「何でや」

「しおらしい奥さんでいて欲しいんやろ」

「しおらしいねえ」

タカシは鼻から煙を出し、呆《あき》れたように背もたれによりかかった。

「うまくいっとるんか」

「おかげさまで」

加寿子はアイスティのストローをくわえる。

「ふうん」

タカシがわざとらしく足を組み替える。

「私が幸せだと、不満？」

「別に」

「だったら、もっと喜んで」

「だらくさい」

タカシが子供みたいに頬を膨らます。いい気持ちだった。もっともっと、タカシの不機嫌な顔が見たかった。加寿子は思わず大きな笑い声を上げた。久しぶりに家族に会ったような気分だった。

「ねえ、みんなどうしてる？　クミは？　康子は？　友美は？」

「クミはヒモのヤクザに売られて、今は薄野《すすきの》で働いている。噂では場末のひどいとこらしい。あいつも男運がないからな。康子は相変わらずやけど、最近は若いのにみんな客を取られて毎晩呑《の》んだくれてる。どうやら、クスリに手をだしてるみたいや。自分では違うって言ってるけど、あの痩せ方は普通じゃない。それから友美は」

言ってから、タカシは言葉を濁らせた。

「友美、どうかしたが？」

「死んだ」

加寿子の唇から力が抜けて、ストローが離れた。

「入れ込んでたホストに逃げられて、片町のビルから飛び降りた」

加寿子はもう一度ストローをくわえて、アイスティを飲んだ。ガムシロップをたっぷり入れたので、ひどく甘い。

「新聞に出たの知らんがか」

「新聞なんか読まんもん」

自殺なんて珍しいことでも何でもなかった。加寿子が働いていた頃もそんな女の子が何人もいた。彼女らにとって、いいやあの頃の自分にとっても、死は何より魅力的な最後の砦《とりで》だった。痛いとか苦しいのは怖かったが、死そのものに対してはもっと親近感を抱いていた。そこに行けば、澱《おり》のようにたまった疲れも、背負っている借金も、自分を縛りつけている面倒なことがすべてチャラになる。むしろ、それがあるからぎりぎりに追い込まれるまで生きてしまうのかもしれない。

「まあ、それに較べたら、加寿子はやっぱり幸せやな」

「そう、死ぬことと同じくらい幸せ」

それは正直な気持ちだった。

不意にタカシの手が伸びて、加寿子の指先に触れた。夫とあまりに違うすんなりと伸びた白い指が、加寿子の手の甲をそろりとなぞる。

「なぁ、まだ時間あるんやろ。どっかでゆっくりしんか」

「何なの、それ」

「せっかく久しぶりで会えたんやから、もう少し話したいんや」

タカシの下心はみえみえだ。

「だらなこと言わんといて」

「時間、ないがか」

「帰って、夕ご飯の用意をしんなん」

「ほんなら、もっと早い時間ならいいってことか」

カッとした。

「帰る」

加寿子は席から立ち上がった。タカシが捨てられた犬みたいな目で見上げる。得意の目だった。そうやっていったい何人の女を食い物にしてきただろう。

「また、電話する」

「もう、かけんといて」

加寿子はきっぱりと言って、背を向けた。

仕事柄、夫は出掛けるのが早い。朝の七時には家を出てゆく。朝食と弁当を作るため、加寿子はいつも五時半には起きる。

四十近くまで一人で暮らしていた夫は、あまり手がかからない。加寿子が起こしに行かなくても、六時半には洗面を済ませて食卓につく。加寿子の差し出す朝食を黙って食べ、自分で着替えて、弁当を持ち、家を出る。

夫を送り出してから、毎日することは決まっていた。洗濯をして、掃除をして、お昼ごはんを食べて、ワイドショーを観て、買物に出て、夕食の準備をする。多少順番が違ってもおおむね変わらない。夫は夜七時には帰って来る。泥と草にまみれ、汚れたタオルとカラのお弁当箱を持ち帰る。飲みにいくこともなく、賭事にも興味がない。お風呂に入り、食卓につく。ナイターを観ながら、蒲焼きを肴《さかな》にビールを飲む。そして、二週間に一度、加寿子を抱く。

布団の中での手順もいつも同じだった。髪を触って、キスをして、乳首を吸って、クリトリスを愛撫する。それから足を押し開き挿入する。加寿子が教えたままの抱き方を、夫は今も律儀《りちぎ》に繰り返す。

規則正しく日々が過ぎてゆく。明日もあさっても、しあさっても、たぶんそれが続くだろう。瀞《とろ》のような平穏で幸福な日常。

あの時、夫がソープに来るのは初めてだということはすぐにわかった。

もう四十近くの年齢だったが、結構、そんな客は多いのだ。もちろん初めてなんてことは夫は言わなかったし、聞いてもいないが、十年近くもこんな商売をしていれば一目でわかる。店には若い子が多く、どんなに若造りしても彼女たちに勝てるはずはなかった。すでに二十半ばを過ぎた加寿子に指名がつくことは少なくなっていた。

新しいお客だと知って、加寿子は気合いを入れた。これから馴染みになってくれる可能性は大きい。稼ぎが悪いとマネージャーからちくちく嫌味を言われていて、ちょっと焦っていた。こんな店でも肩たたきのようなものがあり、タカシを養うためにも稼がなければならなかった。年をくった自分がもし次に替わるとしたら、どんな店になるかだいたいの想像はついていた。

夫は田舎者で、口下手で、背が低く、顔はひらべったくて角張っていて目が細く、皮膚の色といい姿といいどこか亀に似ていた。およそ女にもてるとは思えなかった。実際、その年まで女にはまったく縁がなかったらしい。童貞だったのかもしれない。そう思えるほど、女の扱いをまったく知らなかった。

ジャンパーを脱がす時、汚れた手が目につき、加寿子は見えないところで顔をしかめた。

「おたく、何の仕事しとるが？」

と聞くと、「造園師」との答えが返って来た。造園師がどういうことをするのか知らなくて、加寿子は彼の身体、特に指先を念入りに洗いながらたくさんの質問をした。無愛想だが、彼は面倒がらずひとつひとつに答えてくれた。緊張しているのか、それが癖なのか、時々言葉に吃音が混じった。

ペニスを手で包むと、呆気《あっけ》なくいってしまい、彼はそんな自分をひどく恥じたらしく、終わると加寿子を突き飛ばすようにして服を着た。帰りぎわ「また来て、待ってるから」と、首に腕を回して、おでこにキスをすると、彼はひどくびっくりした顔で、おずおずと言葉に詰まりながら名前を確かめた。

「カズミっていうの」

本名と一字違いの源氏名を伝えると、夫はやけに神妙に頷いた。

それから夫は加寿子の馴染み客になった。二週間に一度やって来て、指名する。少しずつ射精するまでの時間が長くなり、それにつれて吃音も少なくなった。夫は模範的な客だった。無理な要求はせず、金払いもいい。そんな客はいそうでなかなかいないものだ。

「外で会えんかな」

おずおずと、そう言われたのは三か月ほどしてからだ。正直言って困った。店外デートはいちおう禁止されている。外で会うと、どうしてもホテルを使うことになり、そちらの方が安くあがるということで、店には寄り付かなくなってしまう。すると売り上げが落ちる。店にしても加寿子にしてもなるべくそれは避けたかった。かと言って、あまり無下に断ると、もう指名してくれないという恐れもある。

「私もそうしたいんやけど、色々と規則があって、簡単にはいかんがや」

服を着せながら加寿子が答える。

「そうか」

夫が少し首を前に突き出して、困惑したように言う。そうするといっそう亀に似てくる。

「かんにんね。仕方ないがや、こういう商売やから」

「辞められんか」

「え？」

「辞めて、一緒にならんか」

どういう意味かすぐにはわからなかった。結婚を望んでいるとわかった時、驚くというより笑ってしまった。夫は加寿子の笑いを、首を少し前に突き出したまま身じろぎもせず聞いていた。加寿子の笑いが少しずつひいていった。

「あんた、本気なが？」

それを口に出すまでたっぷり五分はかかった。夫はゆっくりと顔を上げ、亀の首をひょっこりと上下に揺らした。

客から「汚れた女のくせに」と言われたことがある。加寿子はいつも身体の手入れをしていたし、病気にも気を配っていたから、汚れているということがピンと来なかったが、男にとっては、たくさんの指にいじくられた乳首や、何本ものペニスが突っ込まれたヴァギナは完璧に汚れたものだった。ひとりの男と百回寝るのは許せても、百人の男と一回ずつ寝るのは許せない。そんな自分に夫は結婚したいと言ったのだ。奇跡だと思った。同時に馬鹿な男だとも笑っていた。よほど女に困っているとしか思えなかった。実際、こんな退屈そうな男の嫁さんになるのは相当の物好きだろう。それでも、加寿子は身体の中にある固い痼《しこ》りのようなものが、ゆるゆると溶けてゆくのを感じた。

十四歳の時、貧乏にうんざりして家を出た。

奥能登での暮らしは、八歳の時に漁師の父が死んでから、最悪だった。母親は近くの魚市場で働いていたが、収入は少なく、売りものにならない魚ばかり食べさせられた。加寿子は家で弟と妹の面倒をみさせられて、ろくに学校にも行けなかった。給食費も修学旅行の積み立ても払えず、それは仕方ないことだとわかっていても、先生からクラスメートたちの前で催促されるのがイヤでたまらなかった。五歳上の兄がいたが、もうとっくに家出していた。弟と妹は可愛らしく思っていたが、まだうちが貧乏だということが理解できずに無邪気に遊んでいる姿を見ると、急に腹が立って後ろから突き飛ばしたりした。

中学三年の夏休みに、能登に遊びに来ていた大学生と舟小屋でセックスしていたのが町中の噂になり、母親に「出てゆけ」と言われた。弟や妹と別れるのは寂しかったが、貧乏にはもううんざりだった。どうせ中学を卒業したらこの町から出るつもりでいた。半年早まっただけのことだ。

海岸線を走るバスに揺られながら、加寿子は水平線に崩れ落ちる熟した太陽を見つめていた。小さい頃、毎日ひとつずつ太陽が海に溶けてゆくのだと思っていた。ひとりになることの怖さはなかった。ただ落ちてゆく太陽しか見ることのできないこの町をやっと捨てることができるのだと、妙な安心感があった。

中学だってろくに出ていない。読めない漢字はたくさんある。まともな言葉遣いもできない。そんな自分が手っ取りばやくお金を稼ぐには、水商売しかなかった。まだ十四だったが、身体が大きかったので十八だと嘘をついて、スナックに潜り込んだ。どうみたって嘘とわかるはずだが、ママは何も言わなかった。それだけいかがわしい店だということであり、働き出してしばらくすると、やんわりと売春をすすめられた。抵抗がなかったわけじゃない。けれども一万円札を見ると男と寝ることぐらいどうってことはないように思えた。相場を知らず、いつもこんなものだとお金を受け取っていたが、ある時、客からママに渡している金額を聞いてピンハネ分が相当なものだと知り、馬鹿馬鹿しくなった。その頃知り合ったチンピラに相談して、別の店に移った。それで少しはよくなったが、大したことはなかった。ピンハネするのがママからチンピラに代わっただけだ。

新しい男を作るたび、働く場所が替わっていた。そんなふうにスナックやキャバレーで働いた。若いということが何よりの商品価値だった。客をとるより、ソープに行った方がずっと稼げると吹き込んだのは誰だったろう。ああ、背中に銃弾の痕《あと》があるのが自慢のヤクザだ。その頃、加寿子はその男に夢中で、言われるままにソープに入った。堕ちている、なんて意識は全然なかった。嫌なこともあったし、身体もきつかったが、毎日が楽しかった。その頃、時折、弟や妹に仕送りもした。気持ちを荒《すさ》ませるあの貧乏に較べたら、今の方がずっと優しくなれた。

それでも二十代も半ばに近付いた頃から、仕事仲間たちの行く末を眺めて、自分もまともに死ぬことはできないのだろうと、少しずつ覚悟がつくようになっていた。病気になるか、クスリ漬けになるか、自殺するか。タカシと一緒に暮らしていたが、完全なヒモでしかない彼は、廃業寸前の会社に資金を投入しているようなものだった。

そんな時、夫が現われた。

結婚できる。妻になれる。奥さんになれる。

病気でもなく、クスリ漬けでもなく、自殺もしなくていい、そんな生き方ができる。

タカシに他に女がいることはもう大分前からわかっていた。加寿子が身体で稼いだ金を、タカシはその女との焼肉代やホテル代に遣っていた。普段は優しくてセックスの相性も最高で、だらしないがタチの悪い男ではなく、別れてしまうにはいくらか未練があったが、限界も見えていた。じきにタカシは新しい金ヅル女を見つけて鞍替《くらが》えするだろう。

別れ話を持ち出した時、彼はひどく驚いて、考え直すように哀願したが、翌日、仕事を終えて家に帰るともぬけの殻だった。金目のものはみんななくなっていた。

そんなつもりはなかったのに、結局、タカシと寝てしまった。

待ち合わせの場所にタカシは車で現われ、そのままラブホテルに入れられたのだ。結婚してから、もちろん夫以外の男と寝たことはない。寝たいとも思わなかった。それでもタカシから「一回だけ、な、な、いいがいや」と、しつこく食い下がられると、まあいいか、というような気分になった。タカシは、もちろん自分で気付いているだろうが、しつこく口説いても相手に少しも不快感を与えない得なところを持っていた。

久しぶりのタカシの身体は、冷たくてつるんとしていた。痩せているが、骨ばった感じはしない。甘い汁ばかり吸っていると、骨の作りまで女に合うようになるのかもしれない。

二年ぶりの夫以外の男とのセックスは悪くなかった。もし相手がタカシでなかったら、そんな気は起こらなかったと思う。夫を裏切っている、というような罪悪感はまったくなく、むしろ手足を思い切り伸ばすように、ゆったりと寛ぐことができた。久しぶりに弟にでも会ったような気分だった。

「言っとくけど、お金ならないさけ」

タカシは腹ばいになって、煙草を吸っている。

「そんなんじゃない」

「住んでるとこは借家やし、安月給やし。それに私は毎月生活費を渡されているだけやから」

「おまえの格好みればわかる。俺の方が何か買ってやろうかって気になる」

「どうしたが」

加寿子は上半身を起こした。

「うん？」

「あんた、何したが」

「何って、何や」

「何かしたんやろ。借金？　それとも面倒な女に手をだしたとか」

「だら」

タカシが笑う。それでも目はたゆとう煙を追っている。まずいな、と思った。お金のことじゃない。ただ、そう感じた。加寿子は毛布から腕を伸ばし、床に散らばった服をかき集めた。

ブラジャーのホックをかける加寿子に、タカシが尋ねた。

「おまえ、幸せか」

振り向かないまま、加寿子は答えた。

「当たり前やないの」

「奥さんって、そんなにいいもんか」

「私らの仲間の中で、奥さんになれたの誰がいる？　私だけや。幸せにきまっとるがいね」

「そうやな」

いつもへらへら笑うタカシの声がやけに堅く聞こえて、加寿子は振り向くのがためらわれた。

「送って、バス停まで」

タカシがのろのろと服を着始めた。


それからもちょくちょくタカシと会った。

いつも電話で「会わん」と答えるのに、時間が来ると待ち合わせの場所に向かってしまう。

梅雨が過ぎて、使い古した油みたいな日差しが、首筋や腿《もも》の内側をねっとりと湿らせていた。夫は相変わらず朝七時に家を出て、夜七時に帰って来る。泥鰌の蒲焼きでビールを飲み、亀のような長い首を前に突き出しながらナイターを観て、二週間に一度加寿子を抱く。

「どっか、行こうか」

汗ばんだ身体を加寿子にこすりつけながら、タカシが喘《あえ》ぐように囁いた。

「どっかって、どこ」

タカシの滑らかな背中にしがみつきながら、加寿子は聞き返す。

「どこでもいい、誰も知らんところ。そこでふたりで一からやり直すんや」

もっと言ってと加寿子は思う。

「俺、ちゃんと働くわ。もう、こんな生活はうんざりや。なぁ、ふたりで逃げよう。今度はちゃんと結婚して、子供も作って、お父さんとお母さんになるんや」

いきそうになるのを加寿子はこらえる。セックスの本当のよさは、こうしてその時を自分で焦《じ》らしている時だ。

いる。

「加寿子と一緒なら、俺、生まれ変われるような気がするんや」

加寿子は目を閉じた。自分の身体の上で、タカシの言葉がどんな愛撫よりも恍惚を与えている。

九月に入って、風が急にひんやりした。

来週から秋祭りが開かれる予定で、加寿子の町内にも大きな獅子頭が飾られた。この時期、そのために往来に面した家が一部屋を開放するのだった。

いつものように蒲焼きを買いにゆくと、店主から「今週で終わるさけ」と告げられた。来週からは湯豆腐か、と思った。

また半年、同じ夕食が繰り返される。土鍋で豆腐を煮立たせながら、冬を迎え、春を過ぎやる。そうして夏が来る頃には、またここに蒲焼きを買いに来る。途切れることのない日常。ふたつしか目のない賽《さい》を転がしながら、同じ双六《すごろく》をやる毎日。

水桶の中の泥鰌に目をやった。店の明かりを受けてぬらぬらと光る泥鰌は、まるで百年前からそうしているように、身体をこすり合いながら底へ底へと潜ろうとする。生まれつき暗くて濁った場所が好きなのだ。泥鰌はそういうふうに生まれついているのだ。

突然、喉元に吐き気が込み上げた。舌の付け根が細かく痙攣《けいれん》し、唾液が溢れてくる。加寿子は慌てて口を押さえた。必死にせり上がるものを胃へと押し戻す。頭上で呑気《のんき》な声がした。

「お待ちどおさん。また、来年もよろしく頼むわ」

店主が差し出す包みを受け取ると、加寿子は小走りに近くの公園へ駆け込んだ。トイレまで持ちこたえられず、水飲み場でげぇげぇやった。苦しさで目尻が濡れた。出て来るものは何もない。けれども、加寿子は自分の身体の奥から吐き出されるものを、その時、確かに見つめていた。


「まだ、気持ちは変わらん？」

加寿子はタカシの肩甲骨の内側を指でなぞりながら言った。

「何のことや」

「どっかに行こうっていうの」

「当たり前や。変わるわけないやろ」

「いいよ、一緒に、どっか行っても」

タカシが上半身を起こした。

「本気か」

加寿子はゆっくりとうなずいた。

あれから何度も同じ吐き気に襲われている。それは夫の帰る七時少し前、湯豆腐の用意をする時から始まり、加寿子は頻繁にトイレに駆け込まなければならなかった。そのくせ、朝になって夫が出掛けてしまうとぴたりとやむのだ。

「そうか、やっと決心がついたんか」

　タカシがはしゃいだ声を上げた。

「どこに行こう。おまえ、どっか行きたいとこあるか」

「どこでもいい」

「そうやな、とりあえず東京にでも行くか」

　まるで遠足の予定をたてているようだ。

「で、いつにする？」

「明日」

　加寿子が答えると、タカシは少し驚いた顔をした。

「急やな」

「決めたんなら、早い方がいいやろ。タカシ、都合悪いが？」

「俺に都合なんてあるわけないやろ。悪いと言えばみんな悪い。だからどっか行くんや」

「それなら、明日、三時に金沢駅の改札口の前は？」

「よし、わかった」

　それからタカシは加寿子を抱き締めた。

「俺たち、これで生まれ変わるんやな」

　加寿子は彼のすべすべした胸に頬を当てて、目を閉じた。

　いつものように夫は朝七時に家を出て行った。

夫は善人だ。醜かろうが、つまらなかろうが、ソープの女と正式に結婚するくらい優しい男だ。不満などない。何もない。あるわけがない。あまりになくて、まるで拷問を受けているみたいだ。

朝食の後片付けをして、洗濯をし、部屋を掃除した。持って出るものは何もない。ほんの少しの着替えをボストンバッグに詰め、後の衣服や小物はゴミ袋に放りこんだ。渡された生活費の残りだけ、いただいてゆく。

玄関を出て、鍵をかけた。一度も振り向かなかった。バス停に向かう途中、暗渠《あんきょ》に渡してある羽目板の隙間から鍵を捨てた。

三時にタカシは姿を現わさなかった。

四時になっても同じだった。酔ってまだ寝ているのかもしれない。麻雀から抜け出せないのかもしれない。いいや、最初から来る気などなかったのかもしれない。いずれにしても、こうなることはわかっていたような気がした。

入場券だけ買い、加寿子は改札を抜けた。上りと書いてあるプラットホームに向かう。行き先はどこでもよかった。どこに行っても暮らすだけのことはできるだろう。そして、きっとまたタカシのような男と出会い、たかられる。どこの町にもそんな男たちは棲《す》みついている。けれど、それも悪くない。

階段を登り切ると、ホームの向こうに赤く色付き始めた空が広がっていた。太陽が熟《う》れ落ちる前に、この町を離れよう。それだけを思った。自分は生まれつきこういうふうにできているのだ。こういうふうに生きるように生まれついて来たのだ。

電車がホームに入って来た。

加寿子はボストンバッグを持ちかえて、白線を越えた。

夏の少女

お盆に帰省すると言っても、もう金沢の実家には誰もいない。

父は尚子《なおこ》が十七歳の時に死んでいるし、母も六年前に死んだ。兄がひとりいるが、今は仕事の都合で妻子と大阪の方で暮らしている。

家はすでに築三十年近くたち、壁や屋根はもちろん、土台にもかなりガタが来ている。母が死んで、住む者がいなくなってからいっそう傷みが進んだようだ。しかし、たとえ両親がいなくても、たとえどんなにみすぼらしくなっても、尚子にとって実家はそこにあって当たり前の存在だった。

いずれ兄夫婦も金沢に戻り、ここに住むことになるだろう。その時は家も建て替えるに違いない。相続についてとやかく言うつもりはないが、そうなれば、尚子にとって実家は違う意味を持つようになる。娘としてではなく親戚として、「ただいま」ではなく「こんにちは」と言って、玄関をくぐらなければならない。

義姉の実家も同じ金沢のせいもあって、兄家族はちょくちょくこの家に帰っているようだ。おかげで、実家はいつでも住める状態になっている。帰省する時は兄家族とぶつからないよう配慮をするし、もちろんいくらかの心付けもしているが、電気もガスも水道もすぐに使えるのが有り難い。

大学進学のために上京してから二十年余り。そのまま東京で就職し、結婚もし、マンションも買った。しかし、どれだけ長く東京で暮らしても、尚子はそこが自分の棲《す》み処《か》とは思えなかった。仮の住まいのような居心地の悪さが、後ろめたさに似て常につきまとっている。実際、こうして実家に帰ると、自分が毎日どれだけ力んで生活しているかがよくわかる。玄関戸を開けた瞬間、まるで関節に油をさされたように、身体中がほぐれてゆく。

廊下に上がると、右に台所があり、八畳の茶の間、隣りに十畳の両親の部屋と並ぶ。この二間には縁側が続き、庭を見渡すことができる。庭は十五坪ほどの広さがあり、今は雑草だらけだが、母はよくここで花や野菜を育てていた。夾竹桃《きょうちくとう》、梔子《くちなし》、泰山木《たいさんぼく》、紫陽花《あじさい》、ダリア、矢車草、サルビア。それに茄子《なす》や豌豆《えんどう》や胡瓜《きゅうり》などがぶざつに植えられていた。あとは浴室に洗面所にトイレ、二階は六畳の和室が三つある。どうということはない、ひと昔前の典型的な木造一戸建てだ。

すぐに窓と縁側の戸を開け放ち、風を招き入れた。ゴールデンウィークに兄一家が滞在した時、念入りに掃除をしていったらしく、さほど汚れてはいない。それでもざっと掃除機をかけ、大雑把だが雑巾がけもした。それを終えてから仏壇を開いて、水を供え、蠟燭と線香をたてた。

ただいま。

写真の父と母は少しも変わらない。変わってゆくのは自分だけだ。

しばらく休んだ後、少し雑草の始末をしようと思い立ち、尚子は下駄箱にあった母のつっかけを持ってきて庭に下りた。梅雨はまだ明けないが、今日はよく晴れ上がっていて、降り注ぐ日差しはすっかり真夏のものだ。

庭の隅に梅の木がある。見上げると、枝先に色付いた実がいくつもぶらさがっていた。母は生前この梅を使って、毎年、梅干しと梅酒を作った。

尚子にとって、夏はいつも梅の甘酸っぱい香りに満ちていた。特に土用の頃、漬けた梅を天日干しにするために、縁側に所狭しと広げられる。そんな日は、夜になっても家中がその香りにむせるようだった。

今はもう、誰もそれをする者はいない。せっかくたわわに実った梅の実も、秋を待たずに熟し落ち、朽ちて庭の土に還ってゆくだけだ。

ふと、背中にコツンと堅いものが当たるような痛みを感じた。そろそろ薬を飲む時間だった。飲み忘れるとひどい目にあうので、腕時計に八時間ごとのアラームをつけている。しかし、最近ではそれより正確に身体が教えてくれるようになった。

その時、背戸の向こうに少女が立っているのに気がついた。十歳くらいだろうか。デニムの短いスカートに白いTシャツを着ている。まっすぐに伸びた足が健康的だった。尚子を見て警戒心のない笑顔を浮かべている。近所の子かもしれない。尚子も笑顔を返した。

少女の後ろには、野田山に続く道が細く延びている。野田山は二百メートルに満たない低い山だが、ここから獅子《しし》吼《く》高原、やがては白山へと連なっている。ここら辺りなど、かつては家も少なく、雑木林が広がっていただけだったが、今はすっかり区画整理されて、かなりの数の住宅が建ち並んでいる。どれも白くてお洒落な家ばかりだ。

山に目を馳《は》せている間に、いつの間にか少女の姿は見えなくなっていた。


夜に夫から携帯電話に連絡が入った。

「どうだ、大丈夫か」

遠距離のせいか、少しノイズが入っている。

「ええ、大丈夫よ。すごく体調がよくて、少し草むしりもしたのよ」

「あまり無理をしないように。僕は明日の午後にはそっちに着く。小松空港に着いたらまた電話するよ。夕飯は香林坊にでも出て何かうまいものを食おう。今は何がいい？」

「そうね、牡蠣《かき》なんかどうかしら」

「おいおい、今時、それは無理だろう」

「能登の牡蠣は真夏でも生で食べられるのよ。身がしまっていて、味も濃いし、とてもおいしいわ」

「へえ、それはいいね。じゃあそうしよう」

「それじゃ、明日」

電話を切って、尚子は縁側に腰を下ろした。すっかり日は暮れて、野田山のシルエットが夜空よりも暗くくっきりと浮かび上がっている。森の匂いをたっぷりと含んだ風が、山から流れ下りてきて、じゃれるように足元にまとわりつく。山の麓《ふもと》に小さな灯《あか》りがちらちらと揺れているのは桃雲寺《とううんじ》だ。

金沢では八月ではなく、七月十五日をお盆として墓参りする人が多い。尚子もたいてい七月に帰省した。雨にたたられる可能性は高いが、その方が飛行機のチケットもとりやすく、街が観光客で溢れることもない。

野田山には金沢でもっとも古く、五万基余りの墓がたつ墓地公園がある。尚子の両親もそこで眠っている。夫とふたり揃って墓に参るのは何年ぶりだろう。母の一周忌を兼ねて以来だから、かれこれ五年になるはずだ。今年も忙しい夫を付き合わせるつもりはなかったのだが、帰省のことを話すと、夫は頑として行くと言い張った。夫は優しい。結婚して十三年がたち、確かにその間にはさまざまなことがあったが、出会った頃の優しさに変わりはない。けれども、そんな夫とのふたりでの墓参りも、たぶんこれが最後になるはずだ。


朝は早くに目覚めた。

明け方から雨が降って、雨粒を跳ね返す庭の草木の弾力ある音が、小気味よく耳に届いた。いったん起きたものの、まだ薄暗く、薬を飲んで、また横になった。

河鹿蛙《かじかがえる》だろうか。雨音に混じって澄んだ声が弾けるように聞こえている。小さい頃、よく野田山に登って遊んだものだ。河鹿蛙の声は笛の音のように高く響き、木々の隙間を縫いながら空に昇っていった。山は尚子ら子供にとって秘密の場であり、宝の場であり、魅惑の場でもあった。辺りが真っ暗になるまで遊び惚《ほう》けて、よく母を心配させた。低いといってもやはり山は山で、何年かに一度は子供が行方不明になったり、死んだりした。調子に乗って奥に入ってゆく尚子に、母はこんなことを言って脅した。

「山の奥には、死んだ人ばっかしが集まっとる村があって、そこへ行ったら二度と帰って来れんがになるんよ」

子供心にも嘘っぽい話だと思っていたが、そう言われるとやはり怖くて、墓地より奥には入ったことがない。しかし、今はその辺りにも住宅地が広がってしまったらしい。

午前中に雨は上がり、尚子は買物をするために商店街に出た。

墓参りに欠かせないのが切子《きりこ》と呼ばれる金沢独特の灯籠《とうろう》である。鳥の巣箱ほどの大きさで、屋根には薄い板が、四方には白紙が張られ、中に蠟燭を灯して、盆の夜に墓の前に吊るして迎え火とする。たいていは親戚の墓も回るために三つ四つと買う人が多いが、尚子はひとつを手にした。不義理ではあるが、今回は両親の墓だけに参るつもりだった。

朝食と昼食を兼ねて、そうめんを茹《ゆ》でたのだが、結局、半分以上残してしまった。食欲がないのが、薬のせいであることはわかっている。けれどやめることはできない。痛いのだけはごめんだった。食べてから、しばらく横になった。眠るつもりはなかったのに、少しうとうとしてしまったらしい。短い夢をいくつか見た。

父と母がいた。中学時代のクラスメートや、小さい頃近所で飼われていた柴犬や、家族で海水浴に行った内灘《うちなだ》の砂浜などが、現われては消えていった。波に身体を任せるように、こうして穏やかな時間に揺られていると、羊水の中で身体を丸めるような安堵《あんど》に包まれた。永遠と一瞬の結び目がするするとほどけてゆくような午後。

ふと、誰かに呼ばれたような気がして、薄く目を開けた。夏草に覆われた背戸の向こうに、デニムのスカートをはいた少女が見えた。ああ昨日の子だ、と思った。今日もにこにこ笑って尚子を見つめている。どうしてあんなに親しげな笑顔を向けるのだろう。

あなた、誰？

その時、携帯電話が鳴りだした。尚子ははっと目を覚ました。少女はいない。やはり夢だったらしい。電話は夫からだった。

「今、空港に着いて、タクシーに乗るところだ」

「お昼は？」

「羽田で食った」

「そう、じゃあ待ってます」

夫は四十分後に実家の玄関戸を開けた。蒸すなぁ、と言いながら、背広のジャケットを脱ぎシャツのボタンを胸の真ん中まで開けて風を送る。尚子は上着をハンガーにかけ、それから台所に行って水に浸し堅く絞ったタオルを持って来た。夫は暑がりなのに、いつも律儀《りちぎ》にスーツを着る。今日だって、親戚に顔を出すわけではないのだから、ポロシャツにチノパンという格好でも構わないのだが、そうはできない。

夫は濡れタオルで首を拭いながら、縁側に出た。

「やっぱりいいなぁ、一戸建ては。庭がある生活なんて、東京じゃ夢だからな」

「ほんと」

「思い切って僕たちも田舎に引っ越そうか。僕も、仕事ばっかりの毎日じゃ虚《むな》しいって思うような年代に入ったからな」

夫は今年、厄《やく》を迎えた。まだまだ引っ込むような年じゃない。むしろ重要で面倒な仕事に関わってゆくのはこれからだ。もちろん、夫もそんなことを本気で考えているわけではないだろう。結婚前もそうだったが、結婚後、夫はひたすら仕事に走り続け、家庭を顧みることなどなかった。会社員としてはそれなりの成果を上げ、また評価も受けてはいたが、夫としてはどうかと考えると難しい。さっきの言葉は、そのことを妻への負い目に感じて口にしたに違いない。

六時近くになって、ふたりは墓参りのために腰を上げた。墓地まで歩くにはちょっと距離があり、夫は尚子の身体を気遣って、車を呼ぼうと言った。

「それくらい平気よ。前に来た時だって歩いて行ったじゃない」

「しかし、前と今とでは」

言ってから、夫は眉の辺りに困惑を浮かべた。尚子は明るく言い放った。

「この辺りは小さい時から歩き回ってるのよ、どうってことないわ。それにさっきお薬も飲んだし大丈夫。ここのところ、すごく調子がいいの。少し運動するくらいの方が身体にもいいのよ」

夫はそれ以上は言わず、ひとつだけ約束させた。

「もし、つらくなったら我慢しないですぐに言うこと、いいな」

「はい、その時はちゃんと言います」

花と切子と数珠《じゅず》、それに墓の掃除に必要なものなどを紙袋に入れて、家を出た。玄関の鍵をかけてから庭に回り、背戸を抜けて野田山に続く細い道を登ってゆく。

夏の空はまだ十分に明るいが、青が深まって、いくらか藍《あい》に近づいている。これから夕日の朱が混ざって群青に変わり、やがて墨のような闇が訪れる。しかし、そうなるにはまだ一時間以上かかるだろう。遠くで、法螺《ほら》の音のような鳴き声がした。

「あれ、梟《ふくろう》じゃないか」

夫が足を止めた。

「そうよ、青葉木菟《あおばずく》」

「ふうん、そんな名前なのか。やっぱり詳しいんだな」

「この山は私の庭みたいなものだもの」

突然、わっ、と夫が声を上げた。

「どうしたの」

「何かでっかいものが足元を走っていった」

草叢《くさむら》に目を向けると、二十センチばかりもありそうな蜥蜴《とかげ》だった。背に三条の縦縞が走り、硬質な青い光を放っている。尚子は夫を見上げ、思わず笑いだしていた。小さい頃もこんな子がいた。身体は大きく、言うこともいっぱしなのに、こういった生きものがまったくダメなのだ。尚子は蜥蜴を摑《つか》むことも、しっぽを切ることさえ平気だった。切り離されたしっぽがうねうねと動いているのを、いつまでも飽きずに眺めた。切れたしっぽがまた生えてくるなら、しっぽから蜥蜴も生えてくるに違いないと、家に持ち帰って母に叱《しか》られたこともある。気持ちが悪いとか、不潔だなどという感覚は皆無だった。身体すべてが好奇心の固まりだった。

木の先に、白く揺れているのは蛇の脱け殻だ。蛇は木の枝に顎をひっかけ、裏返しに皮を脱ぐという。木々の間を素早く通り抜ける蝙蝠《こうもり》、草に優雅に身体を休める糸蜻蛉《いととんぼ》、美しい罠《わな》でひっそりと獲物を待つ蜘蛛《くも》、陽気に飛び回るかなぶん、どれもこれも、尚子にとっては生命に満ち溢れたものに映った。

「蝮《まむし》なんか、いないだろうな」

夫が不安げな声を出す。

「いやね、いないわよ。いるとしたら青大将くらいよ」

「それも嫌は嫌だけど」

生きているなら、蛇だって愛《いと》しい。

墓地公園にはすでに多くの墓参者がいた。切子に火が入り、あちらこちらでぼんやりと揺れている。

しばらくふたりで墓の周りに生えた草を抜いた。それを終えると、墓石を洗うために夫が水場に手桶と柄杓《ひしやく》を取りに行った。あの少女が現われたのはそんな時だ。相変わらず尚子を見つめながらにこにこと笑っている。

「よく会うわね、あなたもお墓参り？」

尚子が声をかけると、少女は首をふった。

「ううん、遊んでるだけ。ここ、いろんな人が来るから面白いの」

無邪気な声で少女は答える。まるでずっと前から知り合いだったような打ち解けた話し方だった。親戚か友人の子だろうかと考えたが、どうにも思い当たらない。

「家はこの近くなの？」

「そう、あっち」

少女が墓地の奥の方を指差した。かつては森が広がっているばかりだったが、ずいぶん民家が建ち並んでいる。

「そろそろ帰らないと、ご両親が心配するんじゃない？」

「お父さんもお母さんもいないの」

「あら」

「ふたりとも違うところにいるんだって、おじいちゃんとおばあちゃんが言ってた」

「そうなの」

つまり祖父母と三人で暮らしているというわけだ。少女が理解しているかどうかは別として、たぶん色々と複雑な事情があるのだろう。

「ねえ、うちに来ない？」

「えっ？」

「うちに遊びに来て」

唐突にそんなことを言い出したのでびっくりした。

「きっと楽しいわ。ねえ、一緒にうちに行こうよ」

少し変わった子なのかもしれない。面食らいながらも、できるだけ少女を傷つけることのないようやんわりと断った。

「ありがとう、でも今からお墓参りをしなくちゃいけないから」

「そう。じゃあ、明日は？」

「明日はもう帰るのよ」

「帰るってどこに？」

「東京なの。おばちゃん、東京に住んでるの」

「ふうん、そうなの。でも、来てくれたら、おじいちゃんもおばあちゃんも喜ぶのにな」

ふっと、行ってもいいような気になったのは何故だろう。少女の邪気のない笑顔のせいだろうか。夕暮れに灯る切子のせいだろうか。何かしら懐かしいような、安らぎのような、温かな感覚が尚子に広がってゆく。

「どうした、ぼんやりして」

その声に振り向くと、夫が水桶と柄杓を持って立っている。

「ああ、あなた。この子がね」

「どの子だって？」

言いながら、夫は墓石に水をかけた。

「だから、この子が」

と、顔を向けたが、少女の姿がない。

「やだわ。今までここにいたのに。どこに行ったのかしら」

「どうかしたのか」

夫はタワシで墓の汚れを落とし始めた。

「さっきまで、ここに女の子がいたんだけど」

「今日は、たくさんの人が墓参りに出てるからな。やっぱり地元の人たちは新暦のお盆なんだね」

もう家に戻ったのだろうか。何度か辺りを振り返ったが、結局少女の姿を見つけることはできなかった。仕方なく尚子は花を包みからはずして墓前に供えた。紫陽花と菖蒲《しょうぶ》が瑞々《みずみず》しい香りを放っている。

「ねえ、あなた」

「うん？」

「ごめんなさいね、子供を作ってあげられなくて」

一瞬、夫の手が止まった。

「何言ってるんだ。そんなこと、考えたこともない」

「あの時、ちゃんと生まれていたらって、今でも悔いているわ」

「気にするな、昔のことだ。いいじゃないか、こうして夫婦ふたりで暮らしてゆくっていうのも、気楽でさ」

今から十年ほど前、尚子は七か月で死産した。原因は自分の不注意だ。安定期に入ったからと、つい無理をして遠出したのがたたってしまった。子供は無事に生まれて当たり前という、甘い考えがあったのだと思う。死産の後、周りから「まだ若いのだからチャンスはいくらでもある」と言われたが、結局、恵まれることはなかった。

「ねえ、私にもしものことがあったら」

「おいおい、何を言い出すつもりだ」

「だから、もしもの話」

夫は墓石を磨き続ける。同じところを磨いていることに気づいてないらしい。

「もしそうなったら、若い女の人を後妻にもらうといいわ。そうしたら、今からだって子供を持つことができるわ」

「若い女なんて、僕がそんなにモテるわけがないだろう。それに、たとえ子供ができてもその子が成人するのは定年過ぎてからだ。とてもじゃないが養えない。ごめんだね」

「いやね、定年だなんて。あなたのそんな姿、想像がつかないわ」

尚子は思わず笑ってしまった。

「ま、このご時世だからね、定年まで働けるかどうかも怪しいものだけどさ」

夫はようやく掃除を終えて、紙袋の中から蠟燭と線香を取り出した。火をつけようとするのだが、なかなかうまくいかない。墓地が山の斜面にあるせいで、ここは風の通り道になっている。尚子は手をかざし、夫の横顔を眺めながらその作業を手伝った。

夫に付き合っている女がいると知ったのは二年ほど前だ。同じ会社の二十七歳のOLだという。余計な忠告をしてくれる物好きな人間というのはどこにでもいるものだ。

口にするべきか、知らぬふりをするか、様子を見た方がいいのか、早く手を打った方が得策なのか、そんなことを考えながら、ふた月三月と過ぎていった。特に夫に変わったところはみられない。帰宅は相変わらず遅いが、外泊することはなかったし、週末の訳のわからない外出もない。現実が見えないのに、夫を追及するようなやり方はしたくなかった。そうやって一年が過ぎた頃、突然、尚子が病に倒れてしまった。

女遊びなど器用にできる夫ではない、ということはよく知っている。それが夫の優しさだ。たぶん、彼女のことは本気だったろう。今だからわかる。だからこそ、尚子は一言も口にできなかったのだ。もし病気がなければ、夫は離婚を切り出しただろうか。その可能性はあったように思う。けれども、今にしたらその方がよかったかもしれないと、考える時もある。

夜は香林坊に出て、寿司屋に入った。せっかく金沢に帰ったのだから、加賀懐石でも楽しみたいところだが、残念なことに尚子にはもう次から次と出てくる料理を平らげる自信はなかった。寿司屋なら、好きなものを少しだけつまんでも不自然ではない。夫は冷酒に少し酔い、能登牡蠣にも満足そうだった。

夜は両親の部屋だった和室に布団を並べて寝た。静かな夜だ。切子の灯りにいざなわれた死に人たちも、きっと眠りについているだろう。

「尚子」

夫の声に黙って顔を向ける。

「そっちにいっていいか」

尚子は身体をずらし、夏布団の端を少し持ち上げた。夫が入ってくる。枕は夫に譲り、尚子は彼の腕に頭をあずけた。話すことは何もなかった。話せば、きっと泣いてしまうことを夫も尚子も知っていた。

夫はしばらく尚子の髪をなで、それから唇を重ねてきた。温かな息が身体の中に送り込まれる。いつもそばにいるのに、いつも懐かしく感じる夫の匂い。すっかり瘦せて、かつての膨らみがなくなった乳房を触れられるのが恥ずかしかった。夫の手が労《いたわ》るようにそれを包み込む。尚子は夫の背に腕を回した。瘦せたのは夫も同じだった。畏《おそ》れは尚子に、そして悲しみは夫にある。夫を抱き締めたかった。私のために悲しみを背負わなくてはならなくなった夫が愛しい。ふたつの心臓が、重なり合う裸の胸の下で正しい鼓動を繰り返している。生きているのだと感じる。確かに、今、生きている。

出会った頃、若い男と女は当然のように惹かれ合い、恋をした。ためらいと羞恥と少しばかりの自尊心が邪魔をしたが、乗り越えるのは簡単だった。その頃のふたりにとって愛情は常に行為であり、愛し合って、セックスをして、もっと愛し合った。すべての男と女がする当たり前のことを、自分たちだけが特別であるような錯覚を、何の疑いもなく存分に味わった。争いもあった。腹をたて、時には傷つけ合うことも、憎しみを覚えたこともある。それでも別れることなくここまできた。何も知らず、何も怖れず、朝になれば東の空が明るくなるように、当たり前に明日を迎えていたあの頃の自分たちがひどく眩しい。

今はもう、一時のような激しい動揺や不安に襲われることも少なくなった。その時を迎える準備も少しずつ進んでいる。その中で、自分にできることは何だろうと考えた。夫を遺して、先に逝ってしまう自分にできること。決心したのは、そのことを私が知っているという事実を夫に気づかれないでおくということ。限られた時間を、夫の優しさを存分に受け、自由に振る舞い、夫に「し残したことがある」という後悔を残させないこと。

東京に帰ったら、尚子はすぐに二度目の入院をする。たぶん、二度と帰ることはない。

もうしばらく滞在したい気持ちはあるが、夫にすればひとりでこの家に尚子を置いておくのも心配だろう。だいいち入院の日も決まっている。やはり断念するしかなかった。

一時にタクシーが迎えに来ることになっていて、尚子は荷物をまとめ、戸締まりを確認し、最後に仏壇に手を合わせた。報告しなければならないことはした。そのために帰ってきたのだ。思いは果たした。

約束の時間を過ぎてもタクシーは来ない。この家は多少道の入り組んだ場所にあるので迷っているのかもしれない。夫が様子を見てくると、玄関を出て行った。

尚子は庭に回ってみた。たぶんこれで最後になる風景は、すべてが名残り惜しい。その時、背戸の向こうに、ひょっこりとあの少女が顔を出した。

「あら、あなた」

少女は昨晩とは打って変わって、しおらしい表情をしている。

「どうしたの？　元気ないみたい」

少女は小さく首をすくめた。

「昨日はごめんなさい。家に誘ったこと、おじいちゃんとおばあちゃんに言ったら、叱られちゃった」

「そうよ、知らない誰かを勝手に家へ呼んだりしちゃいけないわ」

少女は顔を上げ、びっくりしたように首を振った。

「だって知らない誰かじゃないでしょう」

「え？」

意味がわからない。だいたい少女は初めて顔を合わせた時からひどく親しい間柄のような接し方をするが、会ったのは一昨日のことであり、言葉を交わしたのも昨日の墓地での短い時間だけだ。

「だけどね、まだいけないんだって」

少女が言葉を続ける。

「いけないって、どういうこと？」

「だからね、まだ家に呼んじゃいけないって、おじいちゃんとおばあちゃんが言うの」

「あなた、誰？」

尚子は尋ねた。少女は困ったように尚子を見つめ返してくる。尚子は少女を凝視した。そして、不意に胸を衝かれるような思いにかられた。

ああ、なぜすぐに気づかなかったのだろう。

「だから、できるだけゆっくりゆっくり来てね」

ゆっくりゆっくりのところを、少女は頭を上下に動かす愛らしいジェスチャーを加えながら言った。ぼんやりと目の前が滲んでいた。尚子は目尻を指で拭った。

「ありがとう。わかったわ、必ず行くから、絶対に行くから、だから、もう少し待っていて」

「うん、待ってる」

少女が笑う。山から吹き下りてきた風に、少女の短い髪が額で跳ねている。

「車が来たよ」

夫が背後に立った時には少女の姿はもう消えていた。

ふたりは庭を離れ、タクシーに乗り込んだ。

「さっき女の子がいたみたいだけど、近所の子かい？」

「あなた、見えたの?」

「チラッとだけど、可愛い子だったね。何だか君に似てたような気がする」

「あの子は私たちの」

「え?」

「ううん、何でもないの」

車が走り始める。懐かしい風景が車窓に流れてゆく。

父と母と、そして娘が待つ山の奥にあるその家に行くのもそう遠いことではないだろう。

尚子は山に目を馳せた。今はまるで楽しい約束を交わしたように心が弾んでいた。時折訪れて尚子を悩ませる、あの底知れぬ恐怖もこれできっと拭い去ることができる。ひどく心強い味方を手に入れたように、身体の中に力が満ちてゆくのを感じた。

あの家に行き、そうして、今度は娘と一緒に、何十年かをかけて夫を待っていよう。

尚子は振り向き、夫の腕に手を伸ばした。

唯川恵さんの『病む月』の中にも、様々な女たちの、様々な愛すべき女性性が描かれている。

意地悪だったり、打算的だったり、見かけは無邪気で可愛いのに、行き先が見えなくなるような不可解さ、不気味さに包まれていたり、生活のために好きでもない男に身を任せている傍ら、胸の奥底で無垢な恋に憧れていたり……。泣いたり笑ったり、計算したり、絶望に喘いだり、背筋を伸ばしていたかと思うと我知らず俯《うつむ》いて、自分自身の心の闇を覗きこんだりしながら、彼女たちは一様に金沢という舞台でささやかなドラマを繰り広げる。

それぞれにそれぞれの事情があって、彼女たちは皆、まっすぐひたすら前を向いて生きていくことができなくなっている。どこかで少し足を踏みはずし、この程度だったらそのうち元に戻れるかと思っていたのに、いくら待ってもその機会は訪れない。仕方なくまた一歩、前に進み出て、進み出たつもりが泥に足を取られたまま身動きができなくなる。

とりあえず救ってくれるのは男だ。夫だったり、昔の恋人だったり、ひょんなことで知り合っただけの人間だったり……。彼らは彼女たちに小さな夢を捧げ、いっときのチャンスを与える。

とっさに手を伸ばしてそれにしがみつきはするのだが、彼女たちは結局、そこに身を委ねきることができない。いつだって何か、わけのわからないものが彼女たちをかきたてている。今ではない、いつか、を彼女たちは求めている。ここではない、どこか、を彼女たちは夢見ている。

幸福とは何なのか。そんな抽象的なことを常に頭の片隅で考えつつ、考えても考えても出ない結論に見切りをつけて、女たちはとりあえず今日という日をしのいで生きる。身を守りながらも放埒に、飛翔しているはずなのに堕落しながら、生きるのである。

これは明らかに、女性の作家でなければ描くことのできない世界である。

いつの世も、世界は無数の細かい現実から成り立っていて、そもそも、手始めにその現実をどうにかやりくりしていかなければ、生活者として生きていくことはできない。そのように考えれば、本来、女にとって、そこに抽象精神などというものは入りこむ余地はないのだ。

人類にとって幸福とは何か、と考える前に、倒れた身内の介護に走り回らねばならない。愛とは何か、自分とは何か、人生とは何か、を考える前に、まず空っぽの冷蔵庫をなんとかし、少ない予算で材料を買ってきて、家族に食事を作ってやらねばならない。

やることが山のように堆積している。何かが間違っている、虚しい、と考え出したら最後、一歩も前に進めなくなることがわかっているから、何も考えていないふりをして、女はいつも、にこにこ笑っている。そのうち、心の闇にシャッターをおろし、屈託なく、いかにも元気そうに笑う方法まで身につけてしまう。

あげく、女たちは男たちから妬ましげに言われるのだ。「女は強いよ。逞しいよ」と。

だが、そんな女たちの心の奥深くに、どれほど不思議な、世間値ではとらえきれない複雑な感覚の数々が渦まいているかは、女たち自身がよく知っている。まさに、「ここではない、どこか」を夢見ながら、女たちは生きている。そんな中、誰しも生涯のうち何度かは、自分でも気づかなかった自分自身と出会うことにもなるのである。

　こんなことを言って申し訳ないが、いかに優れた才能ある男性作家が束になってかかっても、こうした女性の内部の暗闇を描ききることはできないだろう、と私は思っている。女性作家の紡ぎだす世界は、だからこそ魅力的なのだ。本書『病む月』の中でも、作者である唯川さんはまさにそれを実践してみせてくれている。

　唯川さんは金沢出身であり、ここに収められている十本の短編はすべて、金沢とその周辺が舞台になっている。あとがきの中で、唯川さんは「実家の近くに花見に出かけた時、咲き乱れる桜を眺めながら、ふと、私はあと何回これを見ることができるのだろう、という感覚に見舞われ」た、と書いている。本書を読み通した後、この一文に接して、私は深く静かな共感を覚えたものだ。

『病む月』の中には、全編通して、或る種の大人の切なさのようなもの＝それは作者である唯川さんの内部に潜むものに違いない＝が感じられたのだが、その切なさの核になるものが何だったのか、ということが漠然と理解できたのである。

　あと何回、郷里の桜を見ることができるだろう、と作者が書いているのは、何も年齢を重ねていくことの悲しみを感じるからではない。こうやって、淡々と時間を受け入れ、自分自身の人生を受け入れてきて、気がつけば、今なお、自分はここに立っている、そしてやっぱり以前と変わらずに生きていて、その分だけ内部では、積み上げられてきた何かが自分を支えてくれているのがわかる……そんな気分をこそ、この作品集の中で表現してみたい、と唯川さんは思ったに違いない。

女の味わう時間の流れ、女でなければ感じられない時間の堆積がここにある。そんな意味でも、本書はいかにも唯川さんらしい、魅力的な雰囲気を湛えた短編集に仕上がっている。

本書を上梓した四年後（正確に言えば三年半後）、唯川恵さんは『肩ごしの恋人』で直木賞を受賞した。以後の活躍ぶりは周知の通りだが、唯川さんはそれ以前から、長い間、こつこつと独自の作品世界を紡いできた方である。作家の力量がもっとも露骨に表現されてしまう短編作品においても、大きな文学賞とは無関係に、本書のごとく上質な作品を残してきたからこそ、多くの読者を魅了してやまないのだろう。

なお、タイトルになっている『病む月』という表現は出色である。唯川さんのタイトルのつけ方の巧さは群を抜いているといつも思うが、十本の作品のうち、一つを表題作に選んだのではなく、別に新しいタイトルをつけて、それが『病む月』になったとは、まさに脱帽ものとしか言いようがない。本作品集の底に静かに横たわっているイメージは、まさしく、女性性の満ちる〝月〟なのである。

月は、神話の世界ではルナ（Luna）と言い、月の女神を指す。そこから派生したルナティック（lunatic）という形容詞は、〝狂気じみた〟〝風変わりな〟〝発狂した〟という意味をもつ。群青色の夜空に浮かぶ青白い月を見て、その種のイメージを喚起させられなかった人はいないだろう。

満ちる月、欠ける月、歪む月、そして病む月……。宇宙のリズムの中にあって、月は独自の冴え冴えとした光を放ちながら、その時その時の、女性性の風景を体現する。
いつの世も女はそれぞれの月を抱え、それぞれの生を生きているのだ。

この作品は一九九八年十月、集英社から刊行されました。

唯川恵の文庫

さよならをするために

「サヨナラ」をするために恋をするわけではないのに…。終わった恋にエンド・マークを打つために、一歩を踏みだした女の子たち。切なくて心に痛い5つのラブ・ストーリー。

彼女は恋を我慢できない
せつない恋の咲かせ方

ひたむきな恋がしたい。その先に待っているものが、たとえ嫉妬やジレンマ、別れかもしれなくても…。数々の女性たちの恋物語をもとに、あなたのために綴る恋愛エッセイ。

OL10年やりました

お局さまのイビリに泣かされ、スケベ上司のセクハラに悔しい思いの数々。でも、ダテにオンナ張ってるわけじゃない。OL10年の経験と教訓で綴るユーモア・エッセイ。

シフォンの風

かつての恋人と再会！ OL3年目の佐和。申し分のない恋人がいて結婚も秒読み。なのに心がざわめく…。恋をして傷つき、世間を知り、人生を知る、これはあなたの物語。

キスよりもせつなく

恋人が親友と結婚!? 愛する彼の突然の裏切り。もう恋なんかしない、そう誓って心を閉ざす27歳の知可子。でも偶然、出会った徹の一途な愛の告白に、彼女の心は揺らぎ始める…。

唯川恵の文庫

ロンリー・コンプレックス
—私が私であるために—

シングルでいる自由とそれなりに快適な生活。でも、ひとりの夜には底知れぬ不安を感じたりして…。孤独という名の友だちと上手につきあい、イキイキと生きるために、熱く語る等身大のエッセイ集。

彼の隣りの席

自信家で、生意気で、子どもみたいな男を愛して苦しむ芽以子、25歳…。不倫、同棲という不安定な愛を選んでしまった女性たちの、切ない恋模様をこまやかに描き出す。

ただそれだけの片想い
始まらない恋　終わらない恋

愛しすぎる恋は、いつだって切ない。ふたりが同じ分量だけ愛していたらいいのに…。始まらない恋、報われない恋、満たされない恋など、さまざまな片想いに悩む女性たちに贈る、恋の処方箋。

孤独で優しい夜

愛なのか、意地なのか—。好きな男を親友の美帆に奪われた粧子。でも、粧子の恋は、彼ら2人が結婚した時から本当に始まった。「不倫」—許されない関係の中でたどる愛の行方は?

恋人はいつも不在

奈月と時男の付き合いは3年になる。このところ奈月はいらいらしている。時男の周りに、昔の恋人・小夜子の影がちらつくから…。恋愛における男と女のすれ違いを描く長編小説。

唯川恵の文庫

あなたへの日々

愛されるより愛したい！　女性関係に奔放な造形作家の久住。平凡だがやさしい大学時代の友人・徹也。水泳のインストラクター・曜子23歳は、対照的な二人の男性の間で揺れる…。

シングル・ブルー

肩肘はってシングルなわけじゃない。でも、好きでもない男と暮らす気にはなれないし、好きだけで結婚するほど無邪気にもなれない…。シングルゆえの自由と不自由さ。元気になれる、愛のエッセイ。

愛しても届かない

好きになった彼には、彼女がいた。あきらめきれない七々子のとった行動は、彼の恋人・美咲に近づき、友達になることだった。嘘を重ね、友達を騙して、手に入れた恋の行方は…!?

イブの憂鬱

恋も仕事も中途半端、こんなはずではなかったのに…気がつけば30の大台目前。ブルーな日々に悩み揺れながら、自分の足で一歩を踏み出そうとする真緒の一年。

めまい

はじまりは一途に思う心、恋だったはず。その恋が女の心を追い詰めてゆく。嫉妬、憎悪、そして…。恋心の果てにあるものは？　狂気と恐怖のはざまにおちた10人の女たちの物語。

集英社文庫　目録（日本文学）

山崎洋子　柘《ざく》榴《ろ》館《やかた》
山下洋輔　ドバラダ乱入帖
山田詠美　熱帯安楽椅子
山田詠美　メイク・ミー・シック
山田かまち　17歳のポケット
山田かまち　15歳のポケット
山田かまち　10歳のポケット
山田太一／大林宣彦／内館牧子　選　「カルピス」の忘れられないいい話
山田風太郎　不知火軍記
山田風太郎　妖説忠臣蔵
山田風太郎　怪異投込寺
山田風太郎　秀吉妖話帖
山田正紀　少女と武者人形
山田正紀　超・博物誌
山田洋次　遙かなるわが町(上)(下)
山村美紗　鳥獣の寺

山村美紗　目撃者ご一報下さい
山村美紗　京都の祭に人が死ぬ
山村美紗　妻たちのパスポート
山村美紗　京舞妓殺人事件
山村美紗　京都二年坂殺人事件
山村美紗　伊良湖岬の殺人
山村美紗　京都紅葉寺殺人事件
山村美紗　京都貴船川殺人事件
山本文緒　あなたには帰る家がある
山本文緒　きらきら星をあげよう
山本文緒　ぼくのパジャマでおやすみ
山本文緒　おひさまのブランケット
山本文緒　シュガーレス・ラヴ
山本文緒　野菜スープに愛をこめて
山本文緒　まぶしくて見えない
山本文緒　落花流水

唯川恵　さよならをするために
唯川恵　彼女は恋を我慢できない
唯川恵　OL10年やりました
唯川恵　シフォンの風
唯川恵　キスよりもせつなく
唯川恵　ロンリー・コンプレックス
唯川恵　彼の隣りの席
唯川恵　ただそれだけの片想い
唯川恵　孤独で優しい夜
唯川恵　恋人はいつも不在
唯川恵　あなたへの日々
唯川恵　シングル・ブルー
唯川恵　愛しても届かない
唯川恵　イブの憂鬱
唯川恵　めまい
唯川恵　病む月

集英社文庫　目録（日本文学）

集英社文庫

病《や》む月《つき》

2003年 6 月25日　第 1 刷
2007年 3 月25日　第10刷

定価はカバーに表示してあります。

著　者　唯《ゆい》　川《かわ》　　恵《けい》

発行者　加　藤　　潤

発行所　株式会社　集　英　社
東京都千代田区一ツ橋2—5—10
〒101-8050
(3230) 6095 (編　集)
電話　03 (3230) 6393 (販　売)
(3230) 6080 (読者係)

印　刷　凸版印刷株式会社
製　本　凸版印刷株式会社

ISBN4-08-747584-0 C0193